EL CAMBIO DE ERA
¿Qué nos está pasando?

I0554325

Carlos Fajardo Ricomà

EL CAMBIO DE ERA
¿Qué nos está pasando?

Relatos y reflexiones

ediciones | **la tempestad**

EL CAMBIO DE ERA
¿Qué nos está pasando?

Primera edición: febrero de 2019

© Carlos Fajardo Ricomà, 2019
© de esta edición: Ediciones de La Tempestad SL, 2019

Ediciones La Tempestad®
c/ Pujades, 6 - Local 2
08005 Barcelona
Tel: 932 250 439
E-mail: info@llibresindex.com
www.edicionestempestad.com

ISBN: 978-84-7948-160-5
Depósito legal: B-28.316-2018
Impreso en la Unión Europea

La inteligencia es la habilidad de adaptarse al cambio

STEPHEN HAWKING

❧ A mis padres

Polvo de estrellas…

Busco alamedas donde pasear,
espacios limpios y sin prisas.
Busco opiniones justas que expresar,
mientras me pierdo entre los poemas y citas.
Pero sólo encuentro el eco de mi soledad.

No quiero este mundo, ni esta realidad,
ni ser político ni ser dogmático.
Busco la armonía, la paz, la verdad.
Con mi retina, que es mi mundo mágico
Pero sólo encuentro el eco de mi soledad.

Pensamos y sentimos
(Poemario del autor)

Índice

Prólogo

No es que tengamos poco tiempo,
es que perdemos mucho.

LUCIO ANNEO SÉNECA

ESTAMOS SUJETOS A cambios muy profundos e inevitables que afectan, y afectarán mucho más, a todo el orden establecido hasta ahora. Es el ocaso de una larga comedia: El epílogo de la ineptitud e ignorancia de unos y la falta de valores éticos de otros. La mala praxis de muchos políticos, la falta de voluntad para luchar contra las desigualdades, la corrupción sistémica y la pobreza, así como la connivencia de los poderes fácticos de siempre, conforman un panorama sombrío e inseguro en la sociedad actual.

Vivimos en un mundo que tiene la capacidad nuclear para ser destruido varias veces, y el control de las nuevas tecnologías de la información al servicio del "sistema", junto con la ocultación de muchos hechos peligrosos y recónditos, hace que no podamos predecir nuestro futuro, ni siquiera a corto plazo. De seguir instalados en esta profunda crisis de valores, en la violencia indiscriminada, en la constante degradación del medio ambiente y las relaciones humanas, el panorama no es nada alentador.

La supervivencia del planeta se ha vuelto cada vez más incierta, y cualquier suposición sobre su fin es todavía aventurado, pero el mundo que vendrá después de éste será otro muy distinto que dependerá en gran parte de las decisiones que tomemos en el presente. ¿Seremos los humanos capaces de readaptarnos al cambio?

Paralelamente a esta evolución imparable, resurgen del pasado eternas profecías que auguran un cataclismo universal para iniciar, no sabemos cuándo, una nueva era partiendo de cero y volver a otro ciclo de millones de años.

¿Acabaremos creando nuestro propio apocalipsis?

Es posible y probable, porque los signos premonitorios son cada vez más evidentes.

La Tierra, su núcleo, su atmósfera, sus pobladores y el universo que la rodea, no están en equilibrio.

Atravesamos una época en la que lo que antes nos parecía imposible ya está ocurriendo, y todo está cambiando muy rápidamente.

¡Hemos de estar prevenidos!

De momento, sugiero seguir el ejemplo de los Mayas o de los egipcios y de muchas otras culturas, que veneraban al Sol, alegrándose y adorándole al verlo salir cada día, como la gran fuente de vida, energía y abundancia, e incluso como la esperanza de otro más allá, en una dimensión cósmica mejor.

Acerca del libro

Este libro está distribuido en varios capítulos calificados como RELATOS y REFLEXIONES. Los RELATOS se basan en personas que se manifestaron de acuerdo con su forma de ser y sus razonamientos. Sólo se han adaptado al estilo del autor, y modificado las identidades por respeto a su intimidad. Quieren ser fieles a la realidad o, en todo caso, fieles al recuerdo de la realidad, dado el tiempo transcurrido en algunos de ellos. Las REFLEXIONES son experiencias propias del autor, concernientes a los temas de referencia en cada capítulo.

Los RELATOS Y REFLEXIONES pretenden ser una voz abierta a la meditación, alejados de lo considerado políticamente correcto, e invitar a recapacitar sobre muchos temas que aún son incógnitas, mitos, o grandes falsedades.

El libro podría motivar otras obras parecidas desde diversas perspectivas, entre ellas las del lector, porque el concepto de la palabra *verdad* para nuestros limitados sentidos, siempre ha sido, como mínimo, muy manipulado y peligroso.

Eppur si muove...
Y, sin embargo, se mueve[*]...

---

[*] Frase que Galileo Galilei habría pronunciado después de abjurar de la visión *heliocéntrica* del mundo, ante la inculpación de herejía del nefasto tribunal de la Inquisición en el año 1633.

Primera parte
Otros tiempos

Reflexión

Las crisis se producen cuando lo viejo no acaba de morir,
y lo nuevo no acaba de nacer.

BERTOLT BRECHT

Para recordar…

Algo del presente y del pasado

DESDE QUE ME alcanza el recuerdo, cada día estoy recibiendo más correo basura en mi domicilio. Unas manos anónimas lo depositan en unos pequeños nichos alineados, de metal o de plástico (de indudable mal gusto), que destrozan la armonía del estilo modernista en las porterías de muchas casas.

Sirven para acumular reclamos engañosos, documentación de bancos, facturas indescifrables, señuelos sin sentido y, en general, redundancia, casi aburrimiento y repulsión, por el exclusivo interés mercantil que lo domina todo. Quizás sólo, de tarde en tarde, destaca el colorido de una lejana postal de alguien que dice acordarse de mí, mientras asegura divertirse y pasarlo en grande (a veces las guardo, aunque no sé dónde).

Pero gran parte de este correo lo constituyen los "sobres con trampa". Dentro de ellos, he encontrado de todo:

Propuestas de viajes de locura a países exóticos, que cuestan menos que la tinta de mi impresora. Personas anónimas que dicen querer comprar mi vivienda y dejan un número de teléfono dispuestos a pagarme un precio justo (de justeza, no de justicia). Robots para cocinar (antítesis de la buena cocina). Cursos de inglés ultrarrápidos (¿y por qué no del chino, pensando en el futuro?). Antidepresivos que extravían a las neuronas con sus efectos secundarios. Complejos multivitamínicos (de pequeños nos daban pan con miel, pero ahora son pastillas de plástico multicolores).

15

Increíbles artilugios mecánicos (me recuerdan los instrumentos de tortura de la Inquisición) para que los más ilusos crean en el mito de la eterna juventud y se arruinen entre liposucciones y contorsiones programadas cada día. Y alguna carta de un emisario de la Virgen Santa, pidiéndome diez euros al mes (ahora ya son doce; ¿será el IPC?) para salvar la vida de un niño famélico con la imprescindible mosca africana rondando por su mejilla, y las complejas instrucciones sobre el "reciclaje selectivo" de nuestros despojos caseros (en beneficio del ecosistema, dicen).

También recibo planes de pensiones, con fotos manipuladas de abuelitos que se parecen a Henry Fonda saltando y riendo con movimientos ameboides, sin ningún síntoma de artrosis, y, con una puntualidad infalible, las facturas de los consumos de nuestras energías caseras, imposibles de descifrar (sólo miro la cifra final, que inexplicablemente no para de crecer).

Aparte de este efímero panorama impreso (por supuesto en papel reciclado) procuro no ver mucho la televisión. Un intruso que preside implacable la intimidad de nuestras moradas a todas horas y, en especial, los TELE-DESGRACIAS, deprimentes paquetes enlatados con todas las desdichas y fatalidades humanas repartidas por el mundo con sus temas recurrentes:

…Navajazos y acusaciones entre políticos (los de siempre más los recién llegados), guerras interminables (sostenidas para alimentar la poderosa industria armamentística), terrorismo, pateras con algún inmigrante a punto de ahogarse, asesinatos masivos, violencia de género (con sus minutos de silencio correspondientes), predicciones económicas sombrías, acuerdos que nunca llegan a cerrarse, continuos desastres naturales casi apocalípticos, y una invasión de publicidad engañosa, entre susurros y escenarios absurdos, que consumen el tiempo en informar (y en desinformar) puntualmente varias veces al día.

Según muchos psicólogos, la reincidencia tenaz de los TELE-DESGRACIAS va logrando, paulatinamente, una mayor desensibilización ante la situación de este mundo caótico, fomentando cada vez más la ausencia de empatía entre las gentes, mientras las estadísticas revelan un aumento constante del número de trastornos psicopáticos.

Habitualmente su sombrío contenido podría resumirse así:

Matanzas diarias filmadas con especial morbosidad (hay muchas donde escoger); asesinatos de niñas violadas cuyos cuerpos no aparecen nunca (con sus padres desgarrados pidiendo justicia); acosos y abusos sexuales de todo tipo (algunos denunciados con más de veinte años de retraso); afirmaciones de algún ministro asegurando que hemos superado la crisis (debe estar siguiendo una terapia de autosugestión); presentaciones en sociedad del hijo de un futbolista y una estupenda *top-model* (¿a quién puede importarle el niño?); frecuentes catástrofes de la naturaleza cabreada (con toda razón), ante tanta intrusión en el reposo milenario de su energía oculta; y la acumulación insoportable de *spots* sobre perfumes y potingues varios de "belleza", promocionados, con voz foránea, y erótica, por una mujer, o por un hombre rezumando testosterona, que parecen estar a punto de desfallecer ante su influjo, fingiendo un orgasmo.

Y como colofón de estos círculos mediaticos (de obligada audiencia), los deportes… Muchos deportes, especialmente el *deporte rey* (el fútbol), gran catalizador de las pasiones de millones de personas, y necesaria "válvula de escape" para facilitar la explosión de agravios y también de la violencia contenida en la zona oscura de nuestros sentimientos recónditos, (algo que ha ocurrido siempre desde los romanos, con sus juegos circenses, que sin duda discurrieron la mejor forma de mantener al pueblo alejado de sus quejas, y de los despotismos del César de turno).

Pero, cada vez más, lo que domina el panorama diario de la *caja tonta* es el acoso imparable de los debates. Numerosos debates, en todos los canales y a todas horas, con las respuestas dictadas previamente por sus jefes de campaña desde los iPod, (sea cual sea la pregunta formulada).

Se trata de un azote mediático, un confusionismo de voces alteradas sin orden ni concierto como una moderna torre de Babel. Un lugar para vociferar en vez de pensar, donde aflora el cinismo y las muchas *zascas* entre un rumor constante de insultos y acusaciones cruzadas, que no se puede evitar, a no ser que reproduzcas un vídeo sobre la extinción de los dinosaurios hace setenta millones de años, o la presencia de extraterrestres en la Tierra (algo tendrían en común, seguro). Antes les llamaban tertulias, pero la mordacidad de los contenidos actuales y la mala leche de sus participantes ha obligado a cambiar el nombre. El diccionario define los debates como: "contienda, lucha, combate" (aquí sí que acierta).

La televisión es el espejo donde se refleja
la derrota de todo nuestro sistema cultural.
Federico Fellini

En este patético escenario, y aunque duela un poco, a veces quiero recordar lo mucho que han cambiado las cosas:

Hace ya bastantes años, con el pelo corto y la mirada absurda, juré una bandera en manada, bajo un sol infernal, y le regalé a mi madre un pañuelo de encaje sin entender nada. Sólo recuerdo las botas negras que me apretaban, la nuca de un compañero desfilando tieso como un palo, y a un personaje grueso que iba delante, con muchas medallas y una espada, pisando la tierra con la fuerza de un elefante sin mirar nunca hacía atrás. (Debía estar seguro de que todos le seguiríamos, como así fue, desgraciadamente, durante muchos años.)

Inicialmente, quise estudiar medicina, pero mi padre, ilustre galeno, me lo quitó de la cabeza. Decía que, con las nuevas leyes y "eso de la Seguridad Social", los médicos serían otros "funcionarios más del sistema", con sus horarios por visita controlados, muy limitados, con una nómina a final de mes. Me convenció. Estudié una carrera de las llamadas difíciles, y terminé siendo ingeniero. No me arrepiento, porque las asignaturas de psicosociología laboral, historia de la economía política, entre otras, fueron muy sugestivas, y, además, la carrera de la vida la lleva uno dentro independiente de lo que pongan las tarjetas.

Los sábados por la noche solía ir a Bocaccio con gafas de sol un poco ahumadas (Ray-Ban, por supuesto). Tomaba whisky Dic apoyando el codo en la barra, mirando con lujuria contenida a las tías buenas de la *gauche divine* (aquel fenómeno llamado político-cultural, que se ponían morados de marisco y porros). Viví un tiempo en un apartamento de 30 metros cuadrados (ahora los llaman eufemísticamente de "un solo ambiente"), y escribí un pequeño ensayo sobre *El extranjero*, de Albert Camus, que ya no encuentro por ninguna parte; seguramente quedó olvidado en una de mis "cuevas" con tocadiscos portátil, para escuchar a Guillermina Motta cantando la *nova cançó*. Fumaba Farías gallegas en lugar de Camel o Marlboro (decían que era un esnobismo), llevaba, los pantalones ajustados, los jerséis "cuello de cisne", y no sabía lo que era el FMI, el G-7, el G-20, la *prima de riesgo*, las *burbujas*, las *crisis, la recesión económica...* (hoy tampoco lo tengo claro).

Algunos domingos iba al restaurante Amaya, después de ramblear un rato. Entonces era adicto a sus platos y a su ambiente. Era la época dorada. No me miraba la presión ni el colesterol, llevaba el pelo más largo, la sonrisa fácil y el sexo en forma. Luego me enteré de lo de los *meublés* (La María, La Lolita...), y lo de las putas que hacían la ronda por aquel tramo incomparable del final de las Ramblas, cuando se reunían para tomar *pippermínt* con ginebra en El Pastís, despreciadas por una sociedad conservadora y pudiente, la misma que entraba a toda prisa en el restaurante, bajando del taxi delante de la puerta para ignorar la sordidez del entorno. Pero ya era consciente que aquellos momentos se perderían en el tiempo, como se pierden las lágrimas después del llanto, y que *Sólo el olvido es la verdadera muerte* (como creían, con toda razón, los egipcios).

Ahora dicen que tengo experiencia; que esto modifica a las personas, a las conductas, que provoca cambios en la forma de actuar, de percibir las cosas, y que se adquieren nuevas habilidades y más destrezas. Es muy posible. Pero... ¿y en la forma de sentir?

Estoy razonablemente contento. Creo que en esto no he cambiado mucho. La experiencia llega despacio (para algunos no llega nunca). Hay que recibirla con calma (a "pequeñas *diócesis*" decía Pich i Pons) y, además, me encanta recordar un proverbio japonés: "La nieve suave nunca rompe las ramas del sauce".

Reflexión
La marea del tiempo

Me interesa el futuro, porque es el sitio donde
voy a pasar el resto de mi vida.
WOODY ALLEN

EN LO REFERENTE a las cosas más cotidianas, la vida transcurría con la normalidad que rodeaba la infancia y la juventud en un núcleo familiar estable, bajo los preceptos instituidos por el *sistema* imperante, dentro del "orden natural de las cosas" de aquellos tiempos. Nada cambiaba, porque no interesaba que nada cambiase. La palabra cambio tenía connotaciones sediciosas: era peligrosa y clandestina.

El Seiscientos era el símbolo de la libertad condicional de entonces, de la prosperidad del Régimen, y se podía aparcar en la calle el tiempo que quisieras sin pagar nada. No existía el teléfono móvil ni internet; la gente se comunicaba usando el papel, con calma, procurando hacer buena letra, y pensando antes cuidadosamente lo que querían decir. Eran tiempos en los que mi padre me sentenciaba, ojeando las memorias de Bertrand Russell, su libro preferido: *Haz siempre lo que creas que es justo, pero asegúrate mucho de que lo sea, antes de hacerlo.*

Tenía mucha razón. No he encontrado nunca un concepto que sea tan relativo como el de "lo justo", por eso intento seguir sus consejos, recordando a Machado, en sus *Proverbios y cantares*: "En mi soledad, he visto cosas muy claras... pero que no son verdad".

Hoy, todo está cambiando muy rápidamente, como cuando se visiona una cinta de video, futurible y alarmante, mientras presionas la tecla del "avance rápido".

Hay algo misterioso e indiviso que está grabado en nuestras hélices genéticas, que son como las ramificaciones de una galaxia, antes de transformarse. Es donde están presentes las cosas, pasadas, presentes, (y quizás futuras), y noto que hay una analogía entre lo más íntimo de cada persona y alguna porción del universo infinito que, de momento, no llego a conocer. Por eso digo que somos "polvo de estrellas". Aunque sólo sea un poco…

Leía a Sartre, Saramago, Borges… y poemas de Miguel Hernández y Neruda, entre otros. Era un entusiasta de la obra de Ortega y Gasset, y de Miguel de Unamuno, de quien hacia mía la idea básica de entender la vida como "un fin en sí misma". Me gustaba el *folk* (la llamada canción protesta), tenía discos de Raimon y de Georges Brassens (comprados en Andorra), y me encantaba la pintura de Picasso, Joan Pons, Magritte… (pero no la de Tàpies).

Ahora repiten a cada instante, que este *sistema* ya no existirá. Que la libertad, la igualdad y los derechos humanos tienen que cambiar mucho, y que ya hemos entrado en un proceso de "desculturización", para el hallazgo de nuevas evidencias en esta generación a la que llaman "náufraga", está carente de valores, y además aniquila a la naturaleza día tras día. ¿Por qué será?

Seguramente tienen razón… La pérdida de vigor de nuestras codiciadas democracias ha propiciado el auge imparable de movimientos y activismos variados, como el ecologismo, el feminismo, el integrismo religioso, la xenofobia, o los nacionalismos… Y todos ellos se manifiestan con mucha fuerza en el planeta.

Los mensajes, la etimología y los iconos tradicionales de la llamada política, van cambiando muy rápidamente. El lenguaje pertenece a sus usuarios, y en estos tiempos tóxicos, en los que cada vez se cree menos en los políticos, estos han creado muchos absurdos lingüísticos, frutos de una situación confusa y difícil de entender…

Así tenemos que las *causas* sustituyen a las ideologías; los *activistas* a los militantes; y los *ejes* a los acuerdos internacionales; los programas son *hojas de ruta* con muchas *líneas rojas* que no pueden cruzarse; los problemas que no se solucionan nunca son *lacras*; la oposición negativa es *postureo*, los ataques furibundos son *órdagos*, las encuestas sólo son *fotos fijas* con poco valor dependiendo de la *cocina*; los bulos de toda la vida son *fake news*; y las escasas dimisiones son *ceses por lealtad* o *apartarse a un lado*, mientras las *puertas giratorias* no paran de dar vueltas... (esto no cambia). ¿Seremos capaces de digerir tanto galimatías?

Cada vez más, la sensación de que "tu voto decide tu gobierno" se diluye, y el verdadero poder (económico por supuesto), se concentra en las élites globalizadas de siempre, muy bien organizadas, que actúan bajo un inmenso paraguas demagógico y mediático, utilizando, a veces, la *guerra sucia*, desde las *cloacas del sistema*...

Pero... ¿hay algo más, dentro de este confusionismo ilustrado? No puedo remediarlo. Pienso que muchos discursos desde lo alto de una tribuna, con banderitas, megáfonos, logotipos y pancartas, suenan solo a palabras presuntuosas, a la demagogia recurrente en cada momento, y a la eterna y feroz lucha por el poder como único objetivo, sea como sea y caiga quien caiga.

Cuando ondean sus pancartas por encima de las cabezas abducidas de los gentíos, me parece estar viendo una película de Charlton Heston representando a un innovador Moisés, descendiendo del monte Sinaí con las Tablas de la Ley de Dios, envuelto en fuego, en forma de proclama electoral, (pero omitiendo el octavo mandamiento).

En estos días, los políticos, politólogos y contertulios de cualquier color, lo invaden todo, y sus violentos altercados se sostienen, únicamente, en la creación de un enemigo (ya sea hipotético o figurado), más que en la defensa de programas concretos o sugerencias en favor de un interés común.

Que lejos, y que actual al mismo tiempo, nos queda el gran genio de Platón, (428.a.C) en sus famosos diálogos de La República, cuando afirmaba que:

La forma de gobernar un pueblo ha de ser la observación de la realidad, y la puesta a prueba de los cambios y mejoras. Y esta tarea ha de estar a cargo de los más sabios de la sociedad...

Siento que me invade una mueca sarcástica al pensar en la situación actual, y, además, sus agrias disputas me parecen ridículas pensando en lo que está pasando ahora mismo en nuestro castigado planeta, aunque a muy poca gente le preocupa de verdad. (de momento).

Inmerso en este panorama de tantas siglas complicadas, coaliciones que parecen sopas de letras, proyectos indefinidos, tecnicismos, corrupción, chantajes, violencia, escuchas ilegales e intereses espurios, lo que más me indigna es que se empeñen en controlarme y dirigirme a la fuerza... ¡Los unos o los otros!

No tengo claro el futuro de este convulso país, en el que un día mi padre le regaló un polvo de estrellas a mi madre, y me invitaron a nacer sin tener un informe previo de lo que sería la vida, (como a todos). Luego, mi tiempo fue pasando entre los cuidados de mis progenitores y las inquietudes florecientes de un subconsciente que empezaba a revelarse con la fuerza imparable de la juventud.

Quizás por eso, y otras cosas, me sigue molestando que me den la lata durante días enteros esperando que salga una fumata blanca por una chimenea pequeña y arcaica que no tira nada bien (habría que renovarla ya). Me horrorizan los -*ismos*, ya sean de uniforme, de sotana o de chilaba. Me exaspera que me controlen con cámaras de vídeo sin saberlo, (se calculan más de 300 millones de cámaras en el mundo), y que los dichosos móviles no tengan ninguna intimidad para mí ni para nadie, que ya se han convertido en auténticos espías de nuestras vidas con solo activarlos. Hoy hay más *cibercriminales* que nunca, instalados en alguna superpotencia, económica o política, controlando y manipulando el inmenso mundo digital en el que estamos sumergidos todos sin remedio (sin enterarnos de nada).

No me gusta que me digan que no beba (¡paso!, como dicen los más jóvenes). Que me digan que no fume (paso, otra vez). Que me digan que haga el amor con cuidado. ¿Qué querrán decir?. Que el colesterol nos está acechando por todas partes (menos mal que hay uno bueno y uno malo, aunque del bueno no se habla tanto). Que, de repente, a los medicamentos de toda la vida los declaren peligrosos, y me avisen, mal y tarde, que pueden dañarme en vez de curarme. Y me hastía ver a tantos voceros gubernativos, con sonrisa de conejo y coche oficial, abrazando niños, con su ciclo de promesas, perífrasis y ficciones, mientras un grupo de lameculos y guaperas de su partido les aplauden con las orejas, para mantener sus chollos.

Estoy convencido de que la vida es algo pasajero, accidental, lleno de incógnitas, y lo acepto sin agobiarme demasiado. Porque si sabes exactamente cuándo has llegado a este mundo, pero no tienes ni idea de cuándo vas a dejarlo... (Mejor que sea así).

Por eso, cuando se habla de tantos derechos indiscutibles, yo reivindico sobre todo uno:

El derecho a ser feliz o a no serlo, pero sin que me digan cómo debo hacerlo… ¡Que sólo sea una opción mía!

De momento, procuro disfrutar del placer de mi objetividad (a veces cuesta), mientras saludo desde mi experiencia al pasado, y analizo el cambio profundo e inexorable, que ya se está produciendo.

El padre prefecto…

Ninguna cultura puede existir si intenta ser excluyente.

Mahatma Gandhi

Cuando tuve que cursar el preuniversitario, el clima con mis tutores religiosos había llegado a un punto realmente complicado en lo referente a lo que el *padre prefecto* de la congregación consideraba como "mis peligrosas dudas y afirmaciones de naturaleza agnósticas" relativas a algunos mitos y escenarios históricos, calificados como dogmas de fe desde hace dos mil años.

Debió ser por esto por lo que el iracundo consiliario de la orden decidió visitar a mi padre en su consultorio particular, para recomendarle que procurase enderezar aquella "rama torcida del jardín del Señor", que organizaba reuniones sobre estas consideradas anatemas para la parroquia que dirigía el colegio. Aparte, también cuestionó mi actitud pecaminosa en otros aspectos de la vida, afirmando que yo había sido visto por las Ramblas con otros "amigotes", fumando y bebiendo, en compañía de unas mujeres "casi desnudas".

La entrevista, celebrada en la antesala del doctor entre consulta y consulta, no convenció en absoluto al sacerdote, ataviado con birrete y larga sotana negra, que abandonó el despacho mascullando diatribas en latín, y asustando con su inquisidora imagen a los pacientes que esperaban sin imaginar que se encontrarían con aquella inoportuna visión.

Tras comentar lo sucedido con mi padre, acepté que lo de los amigos (no amigotes), podía ser cierto, pero que lo de las mujeres "casi desnudas" sólo era fruto de la imaginación calenturienta del exmisionero, que debía recordar sus tiempos de evangelización en las tribus de Nueva Guinea, y a sus rubicundas hembras con los pechos y el culo al aire, danzando sin complejos.

No obstante, comprendí lo incomodo de la situación y, al poco tiempo, salí por la puerta pequeña del colegio y continúe mis estudios en una academia privada, simultaneando con éxito y más tranquilidad mi ingreso en la universidad. De aquella experiencia deduje que había sido muy positiva, pues me había permitido conocer mejor el talante liberal de mi padre, y la cara absolutista del clero, con el que mantuve para siempre una prudencial y justificada distancia.

Pasados bastantes años me encontré con el mismo padre prefecto, y por un sentimiento de curiosidad (y algo de morbo), establecí una mínima conversación con él. Me reconoció enseguida (lo agradecí), y me propuso que diésemos un paseo juntos. Nunca me interesaron las charlas entre el fragor de las calles, y preveía una sórdida retahíla de lamentos y reproches, pero no tenía prisa y acepté.

Me dijo que tenía noventa y tres años y residía en una pequeña habitación que le había cedido el colegio. Añadió que comía poco y mal, que todo había cambiado mucho, demasiado, y que pronto llegaría el juicio final… De repente me preguntó si quería confesarme con él. Le contesté, sonriente, que ya habían pasado demasiados años como para recordar mis múltiples pecados, pero insistió en que su apostolado "imprime carácter" y me instó para ejercitar aquel sacramento conmigo, mientras "degustásemos una paella de marisco", por supuesto… Era lo previsible.

Ante mi educada negativa quiso convencerme con una frase que me impactó, como exponente de la volatilidad de sus excelsas convicciones. Aquel hombrecillo bajito con gruesas lentes, elevó el tono de su voz para darle un mayor impacto, aunque también percibí un aire de nostalgia y de resignación, al decirme:

"Mira, hijo: No te preocupes de nada. Porque con este papa que tenemos hoy en día… ¡Ya se perdona todo!"

Cuando se despedía con cierto mal humor, noté que dirigía repetidamente dos dedos hacia mi frente, en lo que supuse era una especie de escueta bendición personal. Luego nos alejamos cada uno en su dirección, pero no pude resistir la tentación de girarme y verle por última vez.

Enjuto, con sus manos entrelazadas con fuerza, la cabeza muy erguida y el paso firme y resuelto dada su provecta edad, parecía estar a punto de levitar entre la gente, alejado de todo lo que existía a su alrededor.

Incluso escuché a dos jovencitas muy alegres, con minifaldas de vivos colores, las piernas atiborradas con tatuajes africanos, y bambas doradas resplandecientes, que se apartaron dando un ágil salto para no tropezar con él, mientras comentaban riéndose:

—¿Has visto a este loco vestido de negro parado en mitad de la acera? Que tipo más curioso, ¿verdad? ¿Será peligroso...?

Observando a la vez aquellos dos escenarios tan radicalmente distintos, en medio de una multitud, confusa y acelerada, que transitaba preocupada sólo por sus avatares de cada día, pensé, una vez más, que realmente todo había cambiado mucho.

Relato
Mi tierra ha cambiado...

Recuerdo incluso lo que no quiero.
Pero no puedo olvidar lo que quiero.

CICERÓN

RESUMEN DE UNO de mis relatos, publicado por la Asociación de Escritores Tirant lo Blanc (México)

(Referencia previa)
Conocí a Raúl en el año 2014. Escribí este relato basándome en una conversación que mantuve con él, en la que me resumió su experiencia, con una asombrosa sensibilidad, casi poética, que él resumía simplemente en un "Mi tierra ha cambiado".

En estas zonas rurales y antaño bucólicas, es donde el cambio se ha ensañado con mayor dureza y crueldad.

La recapitulación de aquellos pensamientos de Raúl es lo que sigue en estas líneas:

Hoy he vuelto por última vez a la aldea que hace muchos años quise olvidar. Antes era pequeña, arrebujada junto al valle, con unas pocas casas adentradas en un bosque donde crecían pinos, cerezos, tilos y algún avellano silvestre. Pero todo ha cambiado... ¡Ha cambiado mucho!

El verde de entonces no es el de hoy, al pequeño rio le han robado su curso; las vacas y las ovejas ya no pastan al otro lado, y los atajos están llenos de rastrojal y hojarasca que nadie quiere quemar. Sólo el aire parece el mismo, quizás algo más cálido, aunque tengo dudas y ni siquiera estoy seguro de esto. Mi memoria es lenta y confusa, como las brumas cargadas de humedad, pero aún conservo dos imágenes de aquel lugar. La que había previsto y la que veo ahora...

31

¡Aunque sé que nací allí!

Fue cerca de un poste pintado de negro, con un dibujo que he olvidado, que un día debió indicar algo. Justo donde antes estaba la peluquería de Antonio "el Virguero", que también sacaba muelas y, pared de por medio, la carnicería de Dionisio "el Cojo", que siempre olía mal. ¡Ahora ya no queda nada! Han encajonado la sucursal de un banco que domina todo el entorno con sus ofertas de créditos e hipotecas.

En aquella tierra crecí, vi volar las cornejas, jugué a los buenos y a los malos, lloré y amé bajo la sombra de los olmos, sin haber visto nunca el mar. Hace mucho tiempo de todo aquello. Debió ser una noche de verano, cuando la sangre me quemaba en las venas y quise escapar del pueblo, de mí mismo, y de los robles, fuertes y grandes, que me saludaban al pasar. Lo hice con prisas, lleno de coraje, con el fuego de la juventud brincando en mi pecho vigoroso. Soñaba con la gran ciudad, con un mundo nuevo, con la fortuna, la prosperidad, y con otras caricias más frescas, que luego me hicieron daño.

Trabajé mucho. Luché, pero no gané, y al final acabé siendo lo que la gente siempre quiere que seas... ¡Uno mas!

Mi caminar es lento. Siento que estoy humillando el suelo como un toro herido, mientras avanzo renqueando con la ayuda de una rama perdida que me ha regalado el azar, y aspirando el humo de una colilla entre mis labios agrietados. Me duele el cuerpo, y miro hacia el suelo por si hay alguna piedra grande que el rio se dejó olvidada y pueda hacerme caer. Con mi artrosis lejana, ¡ya no puedo caerme más!

Quisiera encontrar la sombra de un olivo para descansar, o algún viejo compadre como yo para poder hablarle del tiempo, de la lluvia, de las cosechas, como hacía entonces imaginando quimeras y planes de futuro, pero no veo a ningún ser humano por los alrededores. Nadie se cruza en mi camino, aunque tampoco sé si es mi camino, o sólo el reflejo de una obsesión final.

Por un momento me alegro, cuando un perro, sarnoso y hambriento, me ladra casi sin fuerzas al pasar. Enseguida extiendo las manos en una súplica, como si quisiera abrazarle, y le grito ilusionado: "¡Ven aquí, amigo mío, ven! ¡Vamos a pasear juntos!".

Pero el podenco me mira un instante de perfil y se pierde huyendo con recelo, ocultándose entre los herbajes. Y luego, nada más. Sólo me acompaña el silencio del crepúsculo, molesto por el crujir de los terrones que resuenan con mi último deambular.

Hasta hoy. Cuando mi círculo se cierra y quiero volver a aquella pequeña aldea de la que escapé hace años porque quería cambiar mi vida y ver el mar.

El taxista filósofo

Cuando hablas, sólo repites lo que ya sabes.
Pero cuando escuchas, muchas veces aprendes algo nuevo.

DALAI LAMA

JULIÁN FUE CHÓFER de dirección en mi época de "ejecutivo con garra". Cuando me distancié de aquel mundo aparente y especulativo, él se jubiló en cuanto pudo, y adquirió una licencia de taxi. Trabajó duro y, también, se dedicó a observar lo que sucedía tras su jaula de cristal y cuero.

Muchas veces solicito sus servicios, y en sus trayectos me demuestra que tiene la cordura y la sabiduría popular que le da su oficio. Razona y habla muy claro, modulando sus expresiones con las maniobras al volante de su SEAT, siempre limpio y cuidado.

Es un personaje asertivo y lúcido. Afirma que nunca ha tenido un accidente, y a menudo me comenta con detalle lo que piensa…

"Creo que hoy, eso que llamamos la sociedad, lo tiene muy difícil para vivir, en gran parte porque está sometida por muchos miedos. Ahora dicen que todo es genético, incluso el miedo, pero yo creo que el miedo es "la falta del conocimiento de uno mismo". Si existe este conocimiento, los miedos se acaban frente al sentido común, y desaparece lo negativo y los malos augurios, que están generados por los de siempre, empeñados en controlarnos.

"Por ejemplo, en esta época, el miedo a la enfermedad se ha desarrollado tanto que le ha dado una gran superioridad al sufrimiento. Hoy se teme más a la enfermedad y a la decrepitud física, por lo que lleva de conflicto, abandono y soledad en muchos casos, que al hecho de la propia muerte. La ignorancia y el egoísmo son los causantes de muchas de estas formas de temores modernos.

"Está muy claro que nos han querido infundir un infierno virtual, que pretenden atenuar con mentiras que intentan vendernos mediante muchos "acuerdos", dirigidos siempre en beneficio de los de arriba que los redactan.

"De pequeños creíamos en nuestros adultos y en el orden impuesto con sus leyes y reglas. La idea de lo que "era bueno o era malo" que nos inculcaron controlaba el ideal de nuestra infancia; luego nos quisimos rebelar, pero no fuimos bastante fuertes y nos rendimos. Tuvimos muchos miedos y aceptamos los "acuerdos" como unas normas obligadas, sin leer la letra pequeña. Ya estoy convencido que los acuerdos no son más que la máscara del sistema, aunque le llamen democrático. Siempre imponen algo, son indiscutibles y nos reducen libertades.

"Hoy la gente siente miedo, un miedo generado por el conflicto entre la realidad de lo individual y el desastre de lo colectivo. Unos temen perder sus derechos adquiridos, el estado del bienestar lo llaman, y otros perder los frutos de una especulación, tolerada por todos los que han compartido y permitido las prácticas de la corrupción.

"Dentro de esta maraña de contradicciones, el favoritismo, las injusticias y los abusos, muestran sus peores caras ante la mirada indignada de los ciudadanos y, por si fuese poco, las grandes confesiones religiosas sólo observan el desastre…

"Unas están ancladas en un profundo atraso histórico, desfasado con los tiempos que corren, mientras otras lo hacen hacia una posición radical, excitando el terrorismo, y oscureciendo aún más un horizonte sombrío de convivencia entre las razas y los pueblos.

"Otra cuestión indignante es que ahora todo se está regulando y prohibiendo. La palabra "normativa", se ha convertido en una expresión horrible. En el fondo, se trata de un arma usada por la autoridad de turno, empeñada sólo en dejar para el arrastre a sus predecesores, sea como sea. Todo a lo que antes se le llamaba "normal", ahora se etiqueta, se fiscaliza, se controla, lleva un código de barras, se traduce a varias lenguas, es más caro… ¡Y ya está normalizado!

"Sabe usted… Últimamente he aprendido a escuchar y a observar, y cuando estoy solo en la "parada", muchas veces medito y me pregunto bastantes cosas:

"¿Por qué no prohíben que los coches puedan correr a doscientos kilómetros por hora, en vez de poner tanto radar oculto? ¿Por qué nos importunan tanto para escoger un restaurante con terraza exterior y poder fumar un pitillo? ¿Por qué nos machacan con publicidad de grasas, azucares y alcohol, si son tan perjudiciales? ¿Por qué insisten en que se puede rejuvenecer diez años a golpe de potingues anti-edad, o con una operación que te puede dejar lisiado? ¿Por qué se meten tanto con esas chicas de las carreteras, que están sentadas en el arcén (es un decir, claro…) y luego se lo gastan todo en El Corte Inglés?"

Julián razona así. Es amigo de la filosofía popular en tramos cortos, como muchos taxistas, y sostiene que esas chicas cumplen una misión socioeconómica, porque transforman el dinero negro de muchos clientes corruptos (añade con un tono experimentado), que ellas consumen con sus compras y, además, generan un IVA para el Estado. ¿Qué más se les puede pedir?

Con sus manos de hombre trabajador y sincero, acariciando su volante forrado con piel de conejo, está muy convencido de sus ideas y exigencias:

"Es que siempre pasa lo mismo, mande quien mande. Inventan algo para recaudar más y, luego, encima de jodernos, hemos de estarles agradecidos. Es natural que estemos muy cabreados ¿no le parece?"

Yo le sonrío y enciendo mi cigarro (en su taxi puedo hacerlo) antes de contestarle:

"Tranquilo, tranquilo… Sólo somos unos simples espectadores, sólo espectadores, nada más… No se preocupe tanto, que son dos días, y en la próxima esquina me bajo."

Y entonces, Julian mueve la cabeza hacia adelante, reduce un poco la marcha y busca un cigarrillo en su cazadora:

"Es verdad, es verdad… Esto solo son dos días. ¡Usted sí que sabe!"

Me acomodo en el asiento y bajo la ventanilla. Me gusta aquel taxi, el olor a cuero gastado y el aire húmedo que me da en la cara, cuando le miro a través del retrovisor mientras le ofrezco un habano con un gesto de simpatía:

"Gracias, amigo, tenga uno de los míos, y fúmeselo a mi salud".

Relato
Un cambio profesional

El pasado sólo es un prólogo del futuro.
WILLIAM SHAKESPEARE

Es mejor no tener más que un amor y un amigo.
Las fuerzas del cuerpo y del espíritu no te toleraran mucho más.
PITÁGORAS

SE INCORPORÓ DE un salto, y se dirigió al baño. Su primer impulso fue poner en orden las primeras impresiones, y razonar sobre la sensación del cambio en su vida profesional. Ya no existían citas urgentes, reuniones de trabajo interminables, viajes al extranjero, firmas, informes… El "hasta pronto", o el "hola" rutinarios de cada día adquirían hoy un regusto de curiosidad y de expectación.

Estaba divorciado desde hacía años, aunque no había perdido el contacto con sus hijos. Dentro de su habitual escepticismo, estaba seguro de haber conseguido una corriente de comunicación con ellos, que no siempre garantizan los lazos familiares, por tradicionales y sólidos que puedan parecer.

Otra cosa era la convivencia en pareja. El mantenimiento del día a día, de las servidumbres y pequeñas cosas habituales entre cuatro paredes no llegaba a funcionar del todo.

Pensaba que la convivencia dilatada puede suponer el ocaso de un complemento idóneo que llena unas carencias entre dos mitades que en verdad las necesitan, creándose una dependencia muy emotiva, considerada al principio como ideal, supuestamente perpetua, y festejada frente a un altar de mármol decorado con flores y querubines asexuados, o ante la mirada indiferente de un funcionario que lee algunos párrafos de un texto oficial plastificado.

Capítulo aparte era lo que llamaba sus "amigas". Eso era otra historia, otro nivel en su escala de valores. Podía ser más o menos importante, erótico-festivo, pero recurrente en el dietario de su vida, aunque siempre dejaban huellas; unas huellas que conservaba con algo de filosofía barata en un álbum de fotos, como si hubiese sabido de antemano como tenían que acabar las cosas.

Cuando se reflejaba en los destellos de su imagen de ejecutivo con éxito, sus dos dimensiones, la humana y la profesional, podían yuxtaponerse, y su personalidad adoptaba un desprecio por las reglas de aquella sociedad, aparente y desconfiada, en la que sólo se podía jugar con las cartas marcadas; una sociedad en la que nunca estabas seguro de que alguien te valorase por lo que realmente eras, sino por lo que tenías, o por lo que representabas ser.

Empezaba a tener esa edad en la que se acusa, cada día más, el sentido físico de los cuerpos, y cuando se rompe algo en el interior, es complicado arreglarlo. Hay que reemplazarlo, y, mientras lo hace, deambula pivotando sobre un solo pie, sin saber si un día va a caerse o no. Y luego llegan los regímenes con poca sal, la pastilla de la noche, las lentes para leer, la bebida moderada… ¡Todo empieza a ser moderado!

Mientras, se sigue buscando en quién o en qué apoyarse de nuevo para seguir avanzando, luchando siempre con renovada energía y con la mayor dignidad posible. Algo que es un diferencial muy noble, único del género humano, aunque también puede acabar siendo una lucha entre lo vulgar y lo sublime que existe en el fondo de cada uno. Por eso, hay que seguir adelante, eligiendo la mejor opción, admitiendo la realidad de cada día, y sonriendo con un gesto de ironía, como si todo tuviese un gran sentido: ¡El sentido de la vida!

Aunque ya consideraba complicado definir este sentido, porque la vida era una combinación de circunstancias que no se pueden prever casi nunca y, además, estaba llena de muchas preguntas sin respuestas, de misterios, y demasiadas mentiras que tan solo hacía unos momentos se vendían como grandes verdades.

Quizás todo residía en eso. En buscar respuestas, pero sin querer comprender todo lo que ocurre en nuestra existencia, aceptando que, con el paso del tiempo, solo seremos una lejana evocación, y procurar que esta sea lo mejor posible, al menos para unos cuantos...

A veces podemos pasarnos años sin vivir en absoluto,
y de pronto toda nuestra vida se concentra en un solo instante.

OSCAR WILDE

Ese día, ya ocupaba un puesto en el escenario de los jubilados. Otro contexto más de los creados hábilmente por el "sistema" para mantener su estructura de control en lo económico y social. Era uno de esos hombres y mujeres a los que les quieren comprar lo que queda de su existencia. Pensó en los "planes de jubilación", en todo lo que significa acotar con fechas y cálculos las expectativas de una vida, en los carnés diferentes, en las tarifas, en los viajes especiales... Un conjunto de personas que aparece al final de las encuestas y que los sociólogos estudian con atención porque ya no pertenecen a un mundo productivo, y su interés radica únicamente en la capacidad para consumir más, antes de desaparecer del inexorable censo.

Luego, pueden convertirse en la foto de un álbum familiar que resiste, con suerte, la custodia de dos generaciones, hasta que, algún día, un jovenzuelo se desconecta un momento de sus videojuegos de muerte y guerra, y pregunta: "Oye... ¿tú recuerdas quién era este tío?"

NO QUERÍA DEJARSE vencer por esa sensación un tanto pesimista, cuando sonó el teléfono. Era Ofelia, su colaboradora en lo profesional y en lo personal durante algún tiempo, en todas esas cosas que, cuando se vive solo, son embarazosas de resolver.

Con voz animada, le explicó que aún no podía asimilar todo el cambio, pero que ya estaba en ello. Añadió que ahora, más que nunca, necesitaba la expresión de los afectos verdaderos. Le dijo que no servía de nada mirar hacia atrás, que se encontraba muy bien, tenía ganas de verla, y la llamaría para salir un día. Si le apetecía, por supuesto...

En los días siguientes se sucedieron otras llamadas. Algunos compañeros de antes planteaban escenarios típicos: Propuestas para asistir periódicamente a comidas nostálgicas con pocas grasas, jugar a las cartas o, incluso, asociarse en algunos arriesgados proyectos empresariales, de dudoso rendimiento y demasiados compromisos. No le interesó ninguno. A todos les contestó lo mismo: "Gracias, quizás más tarde, más tarde... Ya os llamaré un día de estos".

A la ocho, tomó un café y galletas con abundante mermelada de naranja. Cerca de las diez, su asistenta debía estar perdida por algún rincón de la casa, y cuando iba a cerrar la puerta le oyó preguntar:

—¿Hoy vendrá a comer?

—No. A lo mejor, no vendré a comer en varios días.

Luego añadió, desde el recibidor:

—No se preocupe, pero... ¡compre más galletas, por favor!

La calle estaba húmeda. Había llovido aquella noche. Miró a la izquierda y a la derecha; el aire le pareció bastante puro, y el asfalto una curiosa alfombra que se alargaba hasta el infinito, bordeando un espacio apetecible de nuevas sensaciones. También percibía algunos ruidos confusos que se arrastraban bajo sus pies, y sentía como un cambio abstracto que no se refería a nada; algo que podía ser el inicio de una cierta metamorfosis. ¿Quizás era el preludio de alguna revolución en su interior? No lo sabía, y tampoco le interesaba planteárselo. Nunca le gustaron las revoluciones.

Todo parecía estar igual, sólo él había cambiado. ¡Había llegado el cambio! No llevaba su portafolios de piel, regalo de sus compañeros, las manos en los bolsillos de la gabardina y las gafas de sol puestas, aunque el cielo de la gran ciudad estaba nublado.

Se paró para encender un habano y esquivó a una vecina que a menudo le abordaba para hablar sobre cualquier cosa de ella o del barrio. Era una buena mujer, llena de inquietudes sobre la salud, el coste de la vida, el tiempo que iba a hacer... Preguntas sencillas con respuestas estereotipadas, pero hoy no le apetecía mantener aquel dialogo trivial.

Cruzó la calle, dobló la esquina, y empezó a caminar hacia su quiosco habitual para comprar algo de prensa. Optó por no entrar en ningún bar cercano y se sentó en un banco público, para hojearlos sin ninguna intromisión, pero no tuvo suerte.

Martín, un vecino jubilado desde hacía bastantes años, se le acercó sonriente, con estudiada y siniestra complicidad, y le dijo:

—¿Qué tal estás hoy? Haciendo tiempo… ¿verdad?

Comprendió que acababa de oír la frase más horrible de su vida: ¡"Hacer tiempo"!

Pensó que él jamás había "hecho tiempo". Lo había aprovechado todo lo que había podido, disfrutado mucho y, posiblemente, malgastado más de una vez. Pero no se arrepentía de nada en absoluto. NO LE CONTESTÓ. Sólo hizo una ligera inclinación de cabeza que podía ser cualquier cosa, y se levantó moviendo la mano, como si fuese a salir volando. Esperaba no volver a encontrárselo.

Caminaba por el centro de la calzada, sin fijarse en nada concreto; sólo en las ramas desnudas de los árboles que le fascinaban, y a las que pocas veces había podido dedicar tanto su atención. Aunque eran las ramas de un mismo árbol todas eran muy distintas y, por primera vez, consideró aquel pensamiento muy revelador.

Era como si estuviese paseando, pero saber pasear es más difícil de lo que parece. Hay que tener experiencia, serenidad, el paso lento, la mirada alerta, y una predisposición de ánimo muy especial, como si las personas, los árboles, los perritos y las luces se fuesen acercando poco a poco a uno, para felicitarle por estar vivo.

Mañana sería otro día, y luego vendría otro y otro…

Su padre ya se lo decía: "La vida está escrita en las arterias" —entonces no se hablaba tanto de los genes—. "El pasado es el pasado, y ya no sirve de nada"; "El presente es un instante tan rápido que casi ni lo ves"; y del futuro… "Aún no tienes ni idea".

Lo que quería era llenar su vida en cada momento; a ser posible de amor o de algo parecido, de amistades sinceras, de personas positivas con un nivel aceptable de inteligencia y de cultura, y huir de los demagogos, los fanáticos, los "gafes", los sinvergüenzas y los "plastas". Y, por encima de todo, estar de acuerdo con su manera de pensar, y tener muy presente que todo es relativo. ¡Absolutamente relativo!

El suelo ya estaba prácticamente seco, y había empezado a lucir el sol entre unas pocas nubes que se retiraban corriendo hacia el mar. Se detuvo delante de un bazar chino para observar, detrás del cristal, a un muñeco de plástico dorado que movía la cabeza tercamente diciéndole que sí. Una señora gorda y bajita había resbalado en la acera, y pedía ayuda con unos gritos histéricos y desproporcionados… Otro día cualquiera, murmuró.

Pasadas dos semanas, a las doce de una mañana muy despejada, Ofelia le llamó preguntándole si le apetecía que saliesen a tomar algo aquella noche.

Fue un rayo de luz que acarició sus sentidos. Se alegró mucho al oír de nuevo su voz, clara y optimista, y accedió enseguida.

Le apetecía rescatar del olvido muchas cosas. Los encuentros íntimos y festivos, las escapadas de fin de semana, evocar empatías y, también, cenar con ella en un restaurante de la Plaza Real, bajo los soportales cargados de historia, junto a sus palmeras, la fuente de las Tres Gracias, y las farolas modernistas diseñadas por Gaudí.

Fue una cena sencilla, con tapas caseras, esmeradas, sin concesiones a la cocina sofisticada, y regada abundantemente con un buen rioja, como les gustaba a los dos. Luego entraron en la cueva Jamboree, para seguir rememorando más espacios y ambientes lúdicos, escuchando a Lou Bennett, con su inconfundible y único Jazz.Cuartet.

Hablaron mucho en voz baja, pero no con susurros, que siempre les parecieron confesiones. No se trataba de hacer un inventario de relaciones pasadas, ni recrearse en ridículas hazañas, coleccionadas sólo para las reuniones con teóricos amigos o conocidos.

Aquello era otra cosa…

Necesitaban sentir que la ausencia había sido sólo un paréntesis sin cerrar en el devenir de sus vidas. Lo importante era recrearse con las mejores vivencias, al margen de tantos conflictos y miserias que les rodeaban en un mundo malogrado por la falta de auténticos valores.

No tenían escamas en los ojos, y sonreían juntos con las manos fundidas, mensajeras de los cuerpos, mientras vislumbraban el futuro con ilusión, complicidad, cariño y confianza mutua.

Relato
¿Estamos solos?

El pasado alienígena

Más de la mitad del cerebro humano está solamente dedicado al proceso de ver e interpretar lo que ha visto.
JOHN DESMOND

SE CALCULA QUE existen miles de miles de millones de galaxias, y con su promedio de estrellas, la cifra se ella elevaría a diez mil millones de billones. Son cifras sobrecogedoras, casi imposibles de imaginar, y frente a ellas, parece ridículo el planteamiento de una pregunta que ha existido desde el origen de nuestros tiempos:

¿Qué probabilidad hay de que un minúsculo planeta, orbitando al rededor de uno de los millones de astros, sea el único lugar habitado en el cosmos?

Los hombres todavía no lo sabemos con certeza. De momento sólo tenemos constancia relativa de que sea nuestra tierra, un pequeño grano de rocas, gases y agua, que brilla débilmente gracias a la luz que recibe del sol, a 150 millones de kilómetros de distancia.

Ciertamente ya hemos desarrollado modernos dispositivos y potentes radiotelescopios que nos permiten iniciar una exploración científica para responder a esta incógnita con unas razonables expectativas de éxito, y, afortunadamente, ya no tenemos que consultar a chamanes, ni visionarios, acerca de otras vidas extraterrestres, sino utilizar los recursos de la ciencia y la tecnología, cada vez más portentosos.

Hoy ya es posible rastrear las relaciones de parentesco con nuestros ancestros, y leer en el ADN los movimientos migratorios de los pueblos prehistóricos a lo largo de miles de años.

Sabemos que las distintas especies de homínidos, junto con otras, posiblemente de origen espacial, habitaron el planeta en paralelo durante mucho tiempo, convivieron y se mezclaron genéticamente. Y aunque todavía no hemos encontrado signos reales de vida más allá de la Tierra, ahora ya hemos descubierto que existen lugares potencialmente habitables por explorar, y cada vez estamos más cerca de ellos.

Aún tenemos mucho que investigar, pero ya estamos seguros de que hay una pregunta que no es sólo la fantasía de unos pocos: ¿Estamos realmente solos en el universo?

LOS SUMERIOS

> *Hay tantas realidades como puntos de vista.*
> *El punto de vista lo crea el panorama.*
> ORTEGA Y GASSET

Conozco al doctor Orós desde hace tiempo. Esta doctorado en ASTROFÍSICA, ha estudiado con especial rigor los orígenes de los organismos, ha escrito numerosos artículos en publicaciones especializadas y considera la EXOBIOLOGÍA, la búsqueda de vida extraterrestre, como una disciplina científica, que profesa con entusiasmo y rigor científico. Es un hombre inteligente, muy culto, afable, no te interrumpe mientras hablas, y siempre mantiene una sonrisa entre irónica y misteriosa al exponer sus teorías, lo cual añade mayor interés a sus palabras y te hace suponer que conoce mucho más de lo que dice.

Al margen de estas reflexiones, y muchas otras que barrunto en mis noches de insomnio, sólo quiero resumir algo de mis conversaciones con él, cuando tomamos café en la terraza de un bar (de las pocas que van quedando, donde hay que esquivar el peligroso y anárquico tránsito a las bicis y otros artefactos fratricidas de peatones, sobre dos ruedas).

A veces, comienza su charla manifestando su necesidad de expandirse, para cuestionar muchas cosas, haciendo uso de nuestra amistad y complicidad:

—Verás, amigo mío… A estas alturas de la película, me da lo mismo lo que piense alguna gente, y tengo ganas de resumirte lo que me apetece ante esta civilización nueva, con su amalgama de mitos, carencias y rutinas, cada vez más dudosas y complejas:

"Hoy quiero diluirme con el humo de un buen habano. Que no se discuta tanto de política, ni de patrias, naciones o banderas, ni de lo que es mentira o es verdad. Que, en las comidas, no se hable sólo de informática, ni de software; ni de los últimos virus (ya tuvimos bastante con el dichoso ébola), y que no se presuma tanto de los megapíxeles que tienen las diminutas cámaras digitales, ni de los dichosos teléfonos móviles, pequeños pero eficaces instrumentos de espionaje, que vigilan nuestras relaciones más íntimas, y nuestras virtudes y vicios a todas horas. (Muy pronto estarán implantados directamente en nuestro cerebro, y nadie podrá escabullirse de ellos).

"Estamos perdiendo totalmente la batalla de nuestra privacidad. Somos animales sociales y esto hace que nuestra vida privada, cuando compartimos inocentemente información exclusiva sobre nosotros, sea intervenida, analizada, guardada y clasificada. Este impulso básico de comunicar excesivas cosas en las redes sociales hace que el "sistema" acumule, cada segundo, millones de datos, claves e imágenes, que utilizan los llamados servicios de inteligencia y las multinacionales para someter, controlar y dirigir nuestros libidos, quimeras y carencias de todo tipo en su beneficio, vulnerando descaradamente nuestro más elemental derecho a la intimidad. Y esto es algo imparable que solo acaba de empezar…

"Ahora quiero dejar que la buena música me arrulle sin tantas estridencias sincopadas, que me parecen una terapia de artrosis cervical sin ningún asomo de melodía. Releer a los grandes pensadores y filósofos de siempre y descubrir nuevos creadores, espontáneos, y libres de presiones ideológicas o mediáticas. Pasear sin prisas saludando a la vida que me rodea, ver como se balancea un *pearcing* en el ombligo de una adolescente, y rebuscar si quedan piedras de colores en el fondo de algún río que aún esté sin contaminar.

"Pero no quisiera parecerte sólo trivial, o un egoísta acaparador de placeres terrenales. También me pregunto: ¿De dónde vengo? ¿Por qué y para qué estoy aquí?

47

"Y me planteo un problema sin respuesta, una pregunta que solo resuelve otra pregunta, desde el primer llanto, desde el primer beso: ¿Hay algo en el más allá de este mundo material? Y si lo hay... ¿qué es?

"Me contentaría con un simple sí o con un simple no. Sin dudas, sin metáforas complicadas, sin promesas condicionadas de salvación eterna, sin tantos capuchones dorados, bendiciones y excomuniones, ángeles benefactores y demonios con tridente. Algo que fuese totalmente cierto o, al menos, me lo pareciese a mí, pero, la verdad, no lo encuentro. Por eso digo que soy agnóstico.

"Aunque, últimamente, lo de agnóstico ya me parece un tópico, una coletilla, demasiado prodigada entre mucha gente que quiere presumir de progre, y añaden esta condición, que consideran transgresora y mediática, al final de una conversación o una entrevista.

"En verdad sólo existen dos opciones: O te lo crees todo sin dudar, incluso llamando padre o madre a quienes sabes que no lo son, o no crees en nada más allá del "tránsito", hasta que te lo demuestren. Para mí lo segundo es más racional, menos conflictivo, más sincero, e incluso más cómodo, que es algo que también me importa.

"Estoy seguro de que hay muchos misterios sin resolver, pero prefiero que sean sólo eso, misterios, y no abrumarme demasiado por ellos. Por eso los llaman así... ¡De momento!

"Cada vez más tenemos millones de preguntas sin respuestas, y hoy todo son suposiciones. Se trata del gran recurso de la suposición.

"Ahora ¡Todo se supone...!

"En la política, en los negocios, en el delito, en la amistad, en la salud, en el valor, en el amor, en el futuro, y en nuestra forma de interpretar los sentidos, imperfectos, condicionados y dudosos. No hay valores absolutos ni realidades absolutas, todo puede "ser una cosa o ser otra cosa", depende de quién y cómo las formule, y demasiadas veces "la verdad es sólo una mentira que aún no ha sido descubierta". La realidad no puede ser vista sino desde el punto de vista único de cada uno, sólo puede ser "sentida". Por eso creo que hay que tener mucho cuidado con eso que llamamos alegremente los sentidos.

"La definición más académica que he encontrado para este concepto tan relativo de los sentidos se refiere a "los mecanismos fisiológicos que permiten percibir lo que está alrededor, así como determinados estados internos del organismo".

Pero, mis preguntas al respecto son: ¿Quién puede fiarse de los mecanismos fisiológicos? ¿Y qué decir de las causas internas que los deforman y modifican constantemente?

La mente humana es reducida, y en un momento dado sólo caben en ella algunas cosas. Es como si quisiera ver, a la vez, todas las formas visibles que rodean el ambiente en el que estoy ahora. Imposible, no conseguiría ver ninguna; sólo puedo ver una con mi escaso perfil visual, desdeñando las otras. Mis ojos sólo se pueden acomodar en un objeto, aunque tenga la impresión de que existen otros a mi alrededor, por la información que me han dado o por la experiencia relativa que poseo (ya sea cierta, falsa o manipulada).

"Algo similar sucede con nuestro cerebro, con nuestros sentidos, y es una gran limitación, a la que ya estamos acostumbrados. Sólo otra dimensión, en otra área súper sensitiva y cognitiva, podría hacernos superiores y mejorar nuestra conducta. ¿Quizás una especie de entes muy superiores, llegados de los confines del universo? ¿Tal vez ya estuvieron en la Tierra hace miles o millones de años colonizándonos de alguna manera? ¿Es posible que aún estén aquí, observándonos, y que vuelvan algún día para proseguir con su tarea?

"Grandes investigadores están seguros de que la especie humana es mucho más antigua de lo que imaginamos, y a menudos nos hemos preguntado: ¿Cuándo empezó eso que llamamos la historia? Para responder a esta difícil pregunta tendríamos que analizar qué conceptos marcan el cambio de la prehistoria neolítica a la historia. Se acepta que debieron ser esencialmente las creencias en un más allá, la creación de los núcleos urbanos y la aparición de la escritura.

Y, entonces, mi amigo abre mucho los ojos, sonríe y, como esperaba, entra de lleno en su tema preferido:

¡Los sumerios!

"Creo que fueron los sumerios, con una supremacía enorme frente a nuestros limitados sentidos, considerados como la más antigua civilización del mundo. La civilización de Sumer, cuna de la historia, que destacó sobre las demás culturas. La procedencia de sus habitantes aún es algo controvertida, pero existen numerosas hipótesis al respecto, y quisiera exponerte algunas teorías realmente apasionantes.

"Lo que ya está constatado es que con los sumerios aparece los primeros vestigios de lo que llamamos civilización, y que, durante su dominio en la Tierra, nacen otras culturas como la egipcia, la china o la del Indo, y, sobre todo, Mesopotamia; el nombre por el cual se conoce a la zona de Oriente Próximo ubicada entre los ríos Tigris y Éufrates, que coincide aproximadamente con las áreas no desérticas del actual Irak y la zona limítrofe del noreste de Siria.

"La humanidad les debe a los sumerios un enorme conjunto de avances que significaron una gran transformación en muchos aspectos de la vida. Los más importantes fueron la astronomía, las matemáticas, la escritura cuneiforme en torno al año 3300 a.C., sin olvidar que fueron los precursores de las primeras ciudades (Umma, Uruk, Ur, Nipur, Kish y Lagash, entre otras).

"Existen evidencias que podrían aclarar cómo la cultura sumeria ha influido en la humanidad. Muchas de ellas constatan la referencia a los dioses sumerios ("hombres pájaros llegados del cielo con alas de fuego"). Pero habría que aceptar, en primer lugar, que todas las creencias religiosas actuales partieron de "una misma semilla", aunque, actualmente estén diseminadas y encubiertas por los intereses de sus cúpulas dirigentes, que quieren perpetuar a toda costa sus prebendas, adquiridas durante siglos a fuerza de mitos y leyendas muy cuestionables.

"Así teníamos a *Namnu* que creo el cielo y la tierra; su hijo *Enlil* que creo la atmósfera, la tormenta, y separó el día de la noche. Los hombres, que fueron creados por *Enlil y Ki* para servir a los dioses; *Ki* que creo con una costilla otra diosa, *Nin-ti*, que significa mujer de la costilla (¿la Eva de la Biblia?); *Enki* creo un lugar donde se podía vivir sin temor a las fieras (¿el paraíso bíblico del Edén?). pero descubrió un comportamiento inadecuado en los humanos y los expulsó.

"Pensemos, además, que los sumerios se hacían llamar a sí mismos *sag-giga* que significa literalmente "el pueblo de cabezas negras." De acuerdo con un gran historiador babilonio, fueron "extranjeros de caras negras", y al emplear el término "extranjero", se podría estar sugiriendo que provenían de alguna parte del espacio muy alejada. Es muy conocido, por el descubrimiento de las tablas sumerias escritas hace más de 5.000 años, que los humanos veían a estos seres como dioses, eran enormes, dotados de una inteligencia y tecnología muy superiores, y de una gran longevidad.

"Muy posiblemente, en aquel entonces, los dioses se unieron con otras diosas y con mujeres mortales, y procrearon profusamente. El más conocido en la mitología griega fue Zeus, dios del Olimpo.

"Tuvo tantas parejas e hijos, que me resulta difícil recordarlos...

"Con Hera tuvo a Hefesto, dios del fuego, y Ares, dios de la guerra; con Leto y con su hermana, tuvo a Artemisa y Apolo; con Sémele tuvo a Dionisio, Baco para los romanos. Otro hijo muy famoso fue Heracles o Hércules, y con Leda tuvo dos gemelos, Helena y Pólux, que nacieron de un huevo de cisne. Helena de Esparta fue la famosa Helena de Troya, y ya sabemos la que se armó...

"Es posible que Zeus tuviese más hijos, ya que son muchas las leyendas sobre su promiscuidad, y sus andanzas amorosas.

"También se han descubierto restos arqueológicos de restos humanos y herramientas enormes que demuestran que en la Tierra habitaron seres gigantes de apariencia humanoide. Se cree que sobre el año 4.000 a.C, unos pueblos neolíticos (*los austronesios*) se asentaron en las islas Salomón, famosas porque en la Segunda Guerra Mundial se hundieron cientos de barcos en sus aguas.

"Según los nativos, los extraños seres que habitaban en la isla de Guadalcanal tenían una estura de tres metros, el pelo rojizo y largo, ojos muy rasgados, nariz chata y boca grande. Se parecían a otros "gigantes" avistados en Malasia, los *orang dalma*, o los *pies grandes* de Estados Unidos, o el famoso *Yeti del Himalaya,* fotografiado en el Nepal varias veces, a 4.000 metros de altitud, con huellas en la nieve de más de cuarenta centímetros.

"Estas leyendas aún perduran entre los más ancianos, afirmando que aquellos gigantes vivían ocultos en la selva más profunda de la isla de Guadalcanal, y se desplazaban con objetos voladores que desprendían mucho calor, conectados a una base secreta bajo el mar, de la que surgían luces y remolinos por las noches.

"Existen otras islas con sus fábulas parecidas: Las islas de *Nan Madol,* construidas con vigas de más de cien toneladas de basalto, cuyo transporte sólo se puede explicar, hace cientos de años, utilizando alguna técnica anti gravitatoria, o la isla *Sandy*, que ya aparecía en los mapas del capitán Cook, y posteriormente en otros registros del año 2013, pero que en la actualidad ha desaparecido misteriosamente de todas las cartas y reconocimientos náuticos...

"¿Puede estar todo esto relacionado con la presencia de seres extraterrestres que las construyeron y las utilizaron como bases energéticas en nuestro planeta? No creo que sólo pueda ser una mera coincidencia. Muchas teorías de científicos e historiadores apuntan en este sentido...

"Sea como sea, se trate o no una deriva de los sumerios, la incógnita persiste: ¿Vinieron buscando algún mineral, sustancia o "algo" que necesitaban para su avanzada tecnología? ¿Se instalaron entre nosotros, y acabaron modificando genéticamente a aquellos pobladores de la Tierra que andaban a cuatro patas, para que les sirvieran mejor?

"Es muy posible, ya que el concepto de extraterrestre es una significación moderna que solamente esconde una gran ignorancia. Sólo quiere decir lo que dice: "Seres que existen fuera de la Tierra".

"Algunas pruebas recientes registran que este salto no se correspondió solamente con la conocida teoría de la evolución de Darwin, según la cual el ser humano es el producto de la evolución natural selectiva de una especie de primates surgida en la era terciaria; una deriva que pudo ocurrir hace millones de años cuando los homínidos y el chimpancé separaron progresivamente sus caminos evolutivos. Pero... ¿Por qué esta evolución no afectó también a los caballos, a los peces, a las aves, por ejemplo, o a otros miles de especies...? ¿Porque ninguna aprendió a escribir, a construir edificios, a trabajar la tierra, o a comunicarse con sus dioses, y únicamente mantuvieron sus instintos básicos...?

Está claro que algo muy especial y trascendente debió pasarle solamente a un reducido genero de nuestros ancestros, de los cuales procedemos...".

"Es muy probable que esta evolución, casi revolución, extraordinariamente corta en términos geológicos, fuese el resultado de una suerte de *big-bang*, cuando "alguien" modificó la estructura genética de nuestros cerebros, transformando sus reducidas capacidades, y haciendo posible una evolución muy rápida que ha ido creciendo hasta llegar a nuestros días. Si fue así... ¿Quiénes fueron? ¿De dónde procedían? ¿Cómo influyeron tanto en los primitivos habitantes de nuestro planeta?

"Otros ejemplos incuestionables son los numerosos *petroglifos* y *geoglifos*, distribuidos por todo el planeta. Son señales geométricas, perfectas y misteriosas, grabadas hace miles de años, sin ninguna referencia humana de su construcción, que muestran a insólitos seres y grandes formas concretas, circulares, lineales y poliédricas, de estrellas y galaxias, que sólo han podido ser vistas, hoy en día, desde el espacio gracias a los satélites a cientos de kilómetros de altura. ¿Cuándo se hicieron? ¿Qué representan? ¿Quiénes las hicieron? Hoy en día estas preguntas aún no tienen respuestas concretas de nadie.

"De momento, ya están catalogados muchos de estos *petroglifos*, *geoglifos* y cráneos sumerios con cabezas alargadas, repartidos por muchos puntos del planeta, a miles de kilómetros unos de otros. ¿Fueron estas señales puntos de referencia para los advenimientos a la Tierra de los *viajeros del espacio*?

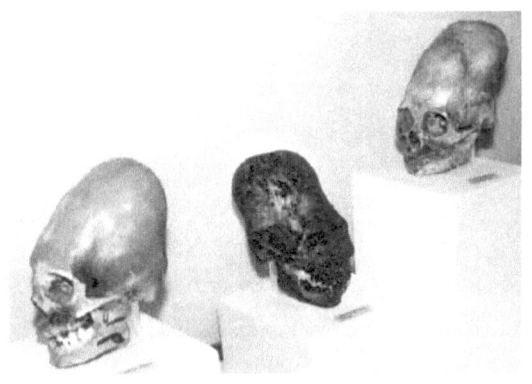

"Las parrillas sumerias encontradas en muchas partes hablan de los *Anunnaki*, deidades sumerias, y acadias relacionadas con los "cincuenta grandes dioses", y todas aquellas creencias abundan en lo mismo: la existencia de "dioses que llegaron con carros luminosos desde el cielo".

"Al tratar este apasionante tema, quiero hacerte algunas cortas referencias a otra apasionante y aún recóndita cuestión:

"—La poderosa CIVILIZACIÓN EGIPCIA y sus secretos.

"Esta civilización pasó también rápidamente de la caza y la recolección a la construcción de las grandes pirámides, moviendo millones de bloques de piedra que pesaban toneladas, en un tiempo inexplicablemente corto. De aquella antigua cultura se han encontrado numerosos cráneos anómalos, que presentaban cabezas alargadas.

Fue cuando Akenatón y Nefertiti, padres de Tutankamón cambiaron su religión politeísta por la de un solo Dios, Amón (el Sol), afirmando *proceder directamente de él…* También sus hijas presentaban extrañas anomalías, como las cuencas oculares grandes y rasgadas, y por supuesto, cráneos alargados.

La tumba de Tutankamón, con sus tesoros, pertenencias, y su barca de oro para viajar al más allá, fue encontrada en el Valle de los Reyes en 1922. Estaba decorada con numerosos mensajes y criptografías relacionadas con el "viaje a las estrellas", junto con su daga preferida forjada con un extraño material extraterrestre, procedente de un meteorito.

Akenatón y su familia "adorando un circulo dorado" muy luminoso… ¿Se trata del astro Sol, o de una nave espacial que emite potentes rayos desde el espacio?

Aquella 18ª dinastía, un linaje toxico, plagado de incestos, acabo con la momia embalsamada de un joven tarado, que padecía malaria, junto a dos fetos prematuros, muy bien embalsamados, pero sin nada que los identifiquen, ¿posibles frutos de la relación con su hermana?

El descubrimiento de la tumba K-V35 y las pruebas de ADN realizadas, demuestran claramente que el célebre Akenatón fue el padre del famoso faraón, pero la tipificación total de la madre es todavía algo discutible. ¿Pudo ser una de las dos momias encontradas en la tumba K-V35?

Un misterio más que rodea aquella dinastía que cambio el colosal imperio egipcio…

"Además, hoy en día, ya se han descubierto cientos de pirámides distribuidas por todo el planeta, que permanecían ocultas por las arenas o por espesas capas de tierra y vegetación, y, suponemos que hasta la fecha, sólo conocemos el 30 por ciento de lo que está enterrado en el subsuelo.

"La más reciente de todas es la impresionante pirámide del Sol, de Bosnia, con una altura de 222 metros. La prueba del carbono ha datado los materiales de su construcción en 20.000 años, mucho antes de la civilización babilónica, y los satélites ya están a escaneando en su subsuelo una extensa red de túneles que abarcan docenas de kilómetros.

"Algo muy parecido se ha encontrado en los restos de otras civilizaciones, que nos hablan de pirámides y antiguos seres, llegados del espacio celeste en *carros luminosos* (siempre lo mismo).

"La civilización de Puma Punku se encuentra en el altiplano de Bolivia, alejada miles de kilómetros, y los bloques de piedra

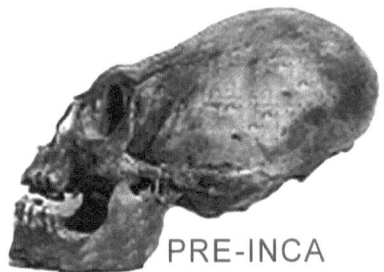 

PRE-INCA   EGIPCIO

encontrados están hechos de granito y diorita, casi imposibles de cortar, además de ser muy pesados para ser movidos incluso hoy con la maquinaria más moderna. Llevar a cabo esta tarea descomunal de mover, cortar y colocar estos bloques de piedra con milimétrica exactitud, no sería humanamente posible miles de años atrás, a menos que hubiese habido una intervención ajena muy superior a la de los terrícolas de entonces.

"Paralelamente, en la actualidad, más de cien tribus en América (los navajos) narran historias de los llamados "niños estrella", dotados de unas capacidades cognitivas muy superiores a los demás niños, que nacieron del apareamiento de unos *dioses llegados del cielo*, con sus mujeres, y construyeron pirámides que podemos afirmar, sin ninguna duda, parecen proyectadas por un mismo arquitecto, y construidas con una precisión y conocimientos impensables aún en nuestros días.

"Curiosamente, todas ellas están alineadas con meridianos de la Tierra, orientados y reproduciendo estrellas, como la constelación Orión. ¿Sólo son coincidencias?

"En definitiva, los descubrimientos arqueológicos de ese mundo antiguo, junto con la traducción de las tablillas, numerosos textos y registros, hacen pensar que la Biblia judía, el Antiguo Testamento, extrajo muchos conocimientos de los antiguos egipcios, pero éstos, a su vez, procedían de culturas más antiguas, como la babilónica y la sumeria.

"Otro aspecto que cabe subrayar es que el aceptar la existencia de los sumerios sería sin duda la mayor y más descomunal sorpresa sobre lo que llamamos la historia de nuestra humanidad, no sólo en lo tecnológico, sino que provocaría una gran paranoia y pánico en el orden cultural, y especialmente en el religioso, sea el tipo de creencia que sea. ¿Quizás por eso se ocultan muchas cosas? ¿O quizás se han descubierto ya, y sus resultados demolerían los credos y los dogmas imperantes hoy en día?

"Además, hay que tener en cuenta la persistente falacia de la "seguridad nacional" con sus mentiras, y los súper protegidos "centros de experimentación sobre fenómenos extraterrestres" (las áreas 51 y 52 en el desierto de Nevada) ¿qué están ocultando tan denodadamente?).

"Empiezan a desclasificarse datos secretos sobre la custodia de una nave extraterrestre, con posibles ocupantes, que se estrelló en Nuevo México (Roswell, 2 de julio de 1947), que destapó muchas teorías conspiratorias y sobrenaturales, y sobre el estudio de *tecnología inversa*, para la aplicación de la *propulsión antigravedad* en las aeronaves de guerra actuales. Pero, evidentemente, el ejército de Estados Unidos y la NASA lo negaron todo en un principio, hasta hoy, aunque sólo en parte... ¿Cuánto tiempo más seguirán ocultándolo? ¿Por qué lo hacen...? ¿Temen algo?

"Tampoco podemos obviar la ingente cantidad de "datos clasificados sobre avistamientos", confirmados, e incluso filmados, por muchos miles de testimonios oculares directos nada sospechosos de sufrir alucinaciones, y tantos otros descubrimientos llenos de evidencias irrefutables que, cada día más, van saliendo a la luz gracias a científicos de absoluto reconocimiento mundial, y algunos medios de comunicación no acallados aun totalmente por los "sistemas" imperantes en los gobiernos y sus dirigentes.

"En el mismo orden de inquietudes, hay otra pregunta que afecta a un escenario más reciente: ¿Por qué la NASA ha intentado ocultar las fotos de estructuras e instalaciones, con posibles fines bélicos, realizadas desde el Apolo 8 (diciembre de 1968), en la cara oculta de la Luna, filmadas y verificadas por sus tripulantes?

"Quizás temen que el hacerlas públicas provocaría una ola de terror, caos y saqueos, tan probables en la naturaleza humana, ante la proximidad de visitantes hostiles. Algo que , por supuesto, no interesa en absoluto a los sistemas de poder y gobiernos instalados en la Tierra.

"Incluso en el año 2008, el Vaticano ya anunciaba "preventivamente", que los "supuestos extraterrestres" no tienen por qué estar alejados de nuestro Dios único y origen de todo, cuando sentenció:

""Nuestro origen espiritual sigue y seguirá siendo divino, y esa espiritualidad es la que el ser humano debe mantener para encontrar su verdadera identidad, pase lo que pase con otras presuntas civilizaciones extraterrestres".

"Se trataba, evidentemente, de una estratagema para justificar que es posible que, aunque "alguien metiese la mano y manipulase el ADN" de los homínidos que poblaban la tierra, esos especímenes primitivos ya habían sido creados mucho antes por un "ser divino", que les había dotado de una "semilla de alma".

"Como tantas veces, el Vaticano ha querido encontrar alguna salida cuando se encuentra con las puertas cerradas a su monoteísmo sin fisuras, temeroso de los avances constantes de las investigaciones científicas en este terreno caca día más indiscutibles, y la desclasificación de muchos datos considerados, hasta ahora, como alto secreto.

"Muy posiblemente, el mito de Adán y Eva se refiera metafóricamente a los grandes conocimientos que un dios sumerio les proporcionó, junto con unas normas que debían cumplir.

"El reiterado mito del "pecado original" fue, en verdad, un acto de soberbia y rebeldía al querer comer la fruta prohibida del árbol de bien y del mal (*el árbol de la sabiduría*), transformado luego en un infantil relato de contenido sexual, con el que se ha pretendido amargarnos la vida un poco más.

"Creo que, desde el principio de los tiempos, el verdadero y único pecado ha sido el de *la desobediencia*, frente a un ente superior, ya sea un Dios o el integrante de algún "sistema". Si los sumerios modificaron y mejoraron a nuestros ancestros fue para que trabajasen mejor para ellos, y no para que quisieran parecerse a sus dioses, ni para que se atreviesen a experimentar con el fruto del *árbol de la sabiduría*, y, entonces, pasó lo que pasó…

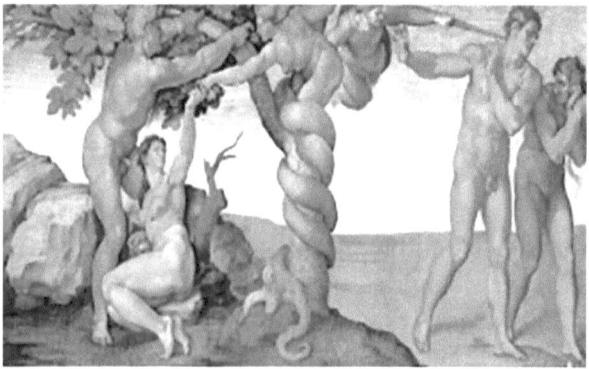

Adán y Eva en el Jardín del Edén (según la Biblia). Una imagen muy complicada, ¿verdad? Llena de sugerencias pueriles que nos han querido vender.

"La Biblia ya intenta recogerlo a su manera –Génesis, 3;19: - "Ganarás el pan con el sudor de tu frente…"— y lo del *diluvio universal*, narrado por todas las culturas primitivas, sin excepción, como un castigo de Dios (¿dioses sumerios?), excepto para unos cuantos humanos dirigidos por un *ser elegido*…

"Según la Biblia, Dios quiso destruir a la humanidad por la *contaminación de genoma humano*, excepto a Noé y a un grupo de especímenes, para que se perpetuasen.

"Pero ¿quién fue ese mítico, extraño y longevo personaje?

"Muchas teorias le atribuyen una *naturaleza híbrida* entre un extraterrestre y un ser humano, que posiblemente, lo que hizo fue acumular probetas con *genes de todas las especies*, en vez de llenar una hipotética y descomunal arca con todos los animales y plantas de la tierra (se calcula que existen unos 8 millones, y solo hay un 30 por ciento clasificados) que, obviamente no hubiesen cabido. Algo similar ya existe bajo los hielos de la Antártida; un gran bunker construido por USA en prevención de un holocausto atómico, para poder repoblar la tierra, y de paso salvarse sus dirigentes. (La llamada Cripta del Juicio Final).

"También cabe reflexionar que, después de seis millones de años, actualmente sólo hay 100.000 especies que tenemos representadas por los estratos fosilizados que han quedado de ellas, y nos encontramos con unos cinco millones de años de los que no existe constancia de nada. No parece absurdo, pues, pensar que, durante este colosal periodo de tiempo, hayan existido otras civilizaciones más avanzadas que hayan desaparecido sin dejar huellas.

"Se calcula que la edad de nuestro planeta es de más de 4.500 millones de años, y el hombre, tal como lo conocemos, sólo lleva en ella menos del uno por ciento de este tiempo. Es lo que muchos científicos califican como "una duda muy razonable", cuando utilizan un símil adecuado, al decir que "la historia de la Tierra es como un libro del que sólo tenemos la última página; todas las demás fueron abrasadas hace millones de años".

"Pero tampoco es necesario que todos estén de acuerdo con estas teorías. Algunos no lo están por su ignorancia supina; otros por el miedo perpetuo a lo desconocido, y bastantes para no apartarse de los esquemas de sus religiones monoteistas. Pero siempre habrá algunos que accedan a un "estado de flujo de la conciencia", una especie de mente universal, privilegiada, que les hacen sensibles a la información única que existe en el universo. Son a los que llamamos "genios": Einstein, Newton, Da Vinci, Copérnico, Tesla, Pasteur, Edison, Hawking... o los profetas bíblicos...

"Muchos de ellos manifiestaron que, en algún momento de su vida, tuvieron "acontecimientos especiales", contactos con algo superior que reveló y potenció sus conocimientos y habilidades.

"Un ejemplo muy revelador es el del gran inventor Tesla, que declaró publicamente haber tenido numerosas visiones que sintonizaban su mente con conocimientos extraterrestres. Los calificó com *intensos destellos de luz* en su cerebro. Llegó a tener patentados 700 inventos, (la aplicación de la energía inalámbrica, la corriente alterna eléctrica, el control remoto, los rayos X, el rayo de la muerte...). En 1901 publicó unos artículos afirmando recibir señales directas alienígenas desde Marte. Entonces se le consideró un *científico loco*, pero tras su sospechosa muerte en un pequeño hotel de N.Y, en el año 1943, todos sus proyectos, diseños y planes futuros de tecnologías muy avanzadas... ¡Fueron confiscados apresuradamente por el FBI!"

"En cualquier caso, diga lo que diga el Vaticano, y oculte lo que pueda la "seguridad nacional", no puedo negar que me produce satisfacción pensar que, en algún rincón de mi compleja hélice ADN, existe algún vestigio que me hace descendiente (aunque sea muy lejano) de los sumerios.

"Por eso, el próximo verano, en vez de acumular células cancerosas en una playa abarrotada de niños enredando con la pelota y machos alfa marcando paquete, pienso visitar otra vez El Louvre, donde ahora ya existen cuatro salas dedicadas exclusivamente a la apasionante cuestión de los sumerios, con numerosas experiencias y testimonios de su existencia, su sabiduría y poder, y su influencia en nuestros lejanos antepasados.

"Relacionado de alguna manera con este tema, me planteo otra pregunta que siempre me ha intrigado: ¿Podemos imaginarnos cómo veríamos nuestro planeta si tuviésemos dos o tres sentidos más de los que ya tenemos?

"Al pensar en esto de los súper-sentidos, me viene a la memoria un libro, *Artículos olvidados de Azorín*, especialmente uno de ellos, que el gran ensayista y novelista de la generación del 98 titula -*El fin del mundo.*

En este relato se reflejaba una utópica Tierra desierta y una especie ya extinguida, en la que solamente un hombre sobrevivía a la humanidad muerta, después de que ésta, tras siglos de progreso y bonanzas, se había tornado en una imagen de ruina, desolación y caos, por causa de las guerras y la constante degradación del medio ambiente.

"Dice así:

""El postrero de los mortales, sintiéndose morir, meditó sobre su final… ¿Podemos sospechar lo que sería para nosotros el universo, de contar con uno, con dos, con cuatro sentidos más que nos produjesen otras variadísimas sensaciones? ¿Estamos seguros de que hoy, con la vista, el tacto, el oído, el gusto y el olfato, el universo está completo? El mundo es mi soberbio yo. Fuera de mí no hay nada. Voy a morir, y el universo, sin mis sentidos, va a disolverse como un fantasma. Y cuando el sol declinaba, el anciano y único morador del planeta expiró en el silencio augusto de la Tierra desierta y solitaria. Y en el mismo momento, el universo, vencido, desecho y aniquilado, dejó de existir…"

Al finalizar su lectura, siempre pienso que debo aprovechar cada día al máximo mis cinco sentidos antes de que se vayan deteriorando, siempre y cuando el universo (sea objetivo o subjetivo), continúe existiendo para mí.

Recordando esta conversación, noto que ha oscurecido muy pronto, y quiero cambiar de registro. La Luna ya ha aparecido con su cara única torturada de observadora nocturna y, cansado de mirar atrás y reflexionar, me entrego al presente.

Quiero dormir, aunque no sea con el sueño de los justos, y dejarme abrazar, una vez más, por mis imágenes recurrentes que un amigo mío, psicólogo por supuesto, llama "pesadillas", pero que me fascinan, porque sé que son inquietudes sobre verdades que guarda celosamente mi subconsciente, y que quizás algún día pueda revelar…

Antes salgo un momento a mi terraza y dirijo una mirada a la ventana del último piso, e imagino que sus vecinos estarán durmiendo. Despertarán dentro de poco, acuciados por el horrible pitido de un artilugio programado siempre a la misma hora. Espero que se animen un poco, viendo mis oliveras y el follaje de la mimosa que tengo plantada. Será como un regalo de mi pequeña reserva de la naturaleza, que tanto admiro y cuido.

Con esta humilde reflexión, cierro las puertas acristaladas, preparo un vaso de leche con miel de flores, y dejo encendidas dos luces verdes de galibo, como cada noche.

Mañana será otro día…

Relato
Serrano "El pirao"

Debo acostumbrarme a que nadie nunca me comprenderá.
Éste debe ser el destino común de la gente difícil.
LEÓN TOLSTOI

Tengo una pregunta que a veces me tortura:
Estoy loco yo, o los locos son los demás.
ALBERT EINSTEIN

SERRANO MURIÓ HACE ya bastantes años. Intentó hacer la carrera de ingeniero, pero no la acabó, como tantas cosas… Siempre iba desaliñado, bastante sucio, con una barba enmarañada. Hablaba a trompicones y, además, no le gustaba nada a mi madre, porque decía que "tenía unas ideas muy raras".

Era adicto al sexo barato (*izas y rabizas*), y fumaba porros constantemente, pero, aunque no influyó en mí en nada de esto, debo reconocer que era un personaje muy inteligente, circunspecto, intuitivo a su manera, y que siempre me tuvo en gran consideración.

Posiblemente, la historia de la vida de Serrano estuvo condicionada por su infancia y madurez. Siendo niño, e hijo único, sus padres murieron en un accidente, y la abuela paterna fue su tutora hasta su mayoría de edad, administrando una considerable herencia. Al cumplir los dieciocho años, obtuvo la posesión de aquel patrimonio y de su rendimiento, lo cual (en expresión muy suya) le permitió "vivir siempre como me dé la gana, sin dependencias ni sumisiones a nadie".

Me enteré de su muerte por una nota en los sucesos del periódico. Hablaba del cuerpo de un hombre con barba desarrapada, que había aparecido entre los arbustos de la parte alta de la Diagonal, tras los jardines de la sala Bikini. Debía llevar varios días allí expuesto las inclemencias del tiempo, con una botella de ginebra medio vacía en la mano, bastante desfigurado y drogado. No llevaba identificación, sólo la tarjeta arrugada de un *sex-shop*. Tardaron tres días en identificarlo. La autopsia concluyó que se trataba de una muerte causada por un fallo multifuncional debido a la ingesta abusiva de alcohol, junto con varios estupefacientes hallados en vena.

A los veintidós años le dio por escribir lo que él llamaba "el decálogo de mi verdad", aunque no me gusta nada esta expresión, y prefiero llamarlo "monólogo interior", prescindiendo de la siempre equívoca y peligrosa palabra verdad.

Ahora he querido transcribir aquellas notas que en su día custodié como algo bastante anómalo pero que, lo reconozco, tenían un punto inquietante y morboso de enajenación que, incluso en algunos aspectos, y con sus salvedades, podías llegar a comprender. En ellas se expresaba a su manera con una letra puntiaguda, rasgando con fuerza el papel, en párrafos desordenados, a veces llenos de tacos y exabruptos que hubiese hecho las delicias de un grafólogo. He procurado ser fiel a sus pensamientos y expresiones de entonces, lacónicos y precisos, y al recuerdo que tengo de su compleja personalidad.

El extracto de esas pocas páginas es el que transcribo a continuación, prescindiendo de comentarios personales, que remito al lector:

"No tengo muchos amigos de verdad, sólo los necesarios, ni uno más, pero auténticos (eso creo, y ya es suficiente) y recelo cuando alguien me llama "compañero" en voz baja, y me abraza sobándome repetidamente con fuerza la espalda de arriba abajo, sin mirarme a la cara. Me huelen a traición... ¡No los soporto!

"Me gusta estar junto a una mujer que sólo huela a tierra húmeda, sin apariencias adulteradas, sin perfumes mareantes ni pinturas de guerra, que le gusten los porros, los juegos eróticos en la cama, no me acribille con absurdos reproches, tenga sentido del humor, y comprenda mi forma de ser, aunque sea difícil. Si no... ¡Estoy mucho mejor solo!

"Creo en la complicidad entre personas libres, sin permisos de desconocidos, ni de la autoridad municipal de turno, o de las absurdas bendiciones de un "más allá", que cambian a golpe de leyes o de concilios, o del Papa reinante. ¡Menuda estupidez!

"Estoy harto de esta burguesía decadente y casposa que presume de pedigrí y de apellidos heredados, por el simple azar de haber echado un polvo con la persona adecuada en el momento oportuno. Así funciona la evolución de esta casta de inútiles y gorrones... ¡Espero que se extinga muy pronto!

"Mi peor enemigo es la rutina, y no espero nada para llegar a la nada. Por eso fumo porros, bebo todo lo que puedo, me "chuto" cuando quiero, y me río de los que me miran con desprecio. ¡En el fondo, sólo es puta envidia!

"Yo soy así, y no pienso cambiar. Los otros, "la gente seria" les llaman, dicen que soy un extraviado, un marginado, un "pirao". Opinan no sé qué de neurastenia, sociopatía, trastorno bipolar... ¡Teorías de algunos psicólogos buscando más clientela!

"Por las noches es cuando soy auténtico. Adoro a los gatos, a los borrachos que se mean junto los cubos llenos de basura (yo también lo hago cuando me aprietan los bajos), y a los mendigos que duermen entre diarios viejos, mientras mucha gente se abraza y se besa, jugando a quererse, aunque luego se maten a puñaladas o se roben todo lo que puedan arrancándose los ojos en un juzgado... Están enterrados en su gran círculo de ambiciones y miserias. ¡Que les den!

"No me interesa nada la historia de este mundo que se apaga entre emanaciones de gases, absurdas guerras santas, terremotos, tsunamis, huracanes... Ya se acabó el rollo ese el Imperio romano, y el griego, y los egipcios, y los mayas. Todos los imperios se acaban, se pudren por dentro, por sus intrigas y la corrupción... ¡Sólo es cuestión de tiempo!

"También se acabará el de la prepotencia. Ése que llaman de las estrellas y las rayas, y la línea confusa del llamado "eje del bien y del mal" (parece una frase de la Inquisición) se desvanecerá como una sentencia intolerante, y quizás, entonces, se podrá luchar de verdad contra el origen de la pobreza, en vez de luchar contra los desfavorecidos por ella. Aunque no creo que nadie llegue a verlo. ¡Seguro que no!

"No me importa en absoluto la política ni los políticos, con sus símbolos y declaraciones confusas, ni las teóricas libertades, ni las historias pasadas llenas de falsedades... ¡todos los gobiernos son iguales! Lo único que me importa es vivir muchos años, lo mejor posible, sin sumisiones, ni agobios ni estrecheces. Realmente solo aprecio a los animales... ¡Ellos no inventaron la envidia, la explotación ni la crueldad!

"Sabemos que un día lejano, dentro de millones de años (pero seguro que llegará), el Sol cambiará su estructura. Habrá crecido tanto que ocupará el cielo que algunos admiran embobados, y engullirá a todos los planetas. Esta esfera llena de guerras, huracanes, terremotos, y gases envenenados, se fundirá, y delante de nuestras costas desoladas, sin señoras estupendas chamuscándose las tetas, solo veremos el color sucio de un horizonte tenebroso, imposible ya de alborear, porque estará lleno de toda la mierda que hemos estados acumulado durante siglos... ¡Es el final que merecemos!

"Sólo temo que a algún loco se le ocurra jugar con unos cuantos kilos de uranio enriquecido. ¿Por qué siempre lo enriquecido es malo? O que se caliente del todo el casquete polar (ya están trabajando en ello), y nos quedemos otra vez entre dos aguas, con ojos saltones y escamas plateadas, que es de donde dicen que procedemos. Será, de nuevo, el origen del origen, y otra vez vuelta a empezar, aunque el pez grande seguirá comiéndose al chico, como ha sucedido siempre... ¡Qué más me da!

"Pero, a pesar de todo, estoy siempre en forma con mis pastillas azules, alegre con mi cartón de vino tinto, alucinando con mis papeletas de coca y mis divertidas visiones, y puedo decir que me considero una persona razonablemente feliz. No como otros que mueren infartados, subiendo las escaleras de un despacho, sin saber para qué han venido a este jodido mundo, como no sea para esperar algún mísero aumento en su salario. ¡Que sigan esperando!

"Por eso, una noche solitaria, delante de una lampara de cuarzo que le compré a un chamán en un mercadillo de Túnez, hace ya algunos años, escribí esto, para ti y para quien quiera leerlo algún día.

"Cada vez me siento más liberado.
Con más instinto, más sexo y menos orden.
Odio la uniformidad, el poder,

la mentira, el control, y el sistema establecido.
No quiero ayudas ni extraños designios.
Hoy quisiera quemar para siempre,
todas las máscaras del bien y del mal."

Serrano era así...

Extravagante, por decirlo de alguna manera, y, aunque no le cayese nada bien a mi madre, creo que también podría tener un lugar cerca de ella, en ese inmenso caos de Polvo de Estrellas, en el que quizás nos encontraremos todos algún día, de una forma u otra...

Durante el tiempo en que le conocí, algunos "teóricos de la amistad" me decían que era un amigo muy raro, un tipo anormal, vicioso... y que no me fiase para nada de él.

No les hice caso. Fuese cual fuese las etiquetas que le ponían, creo que sólo eran opiniones llenas de prejuicios, y ya he conocido a demasiada gente que "sin parecer nada raros", han resultado ser mucho más hipócritas y peligrosos...

Ahora tengo que acabar aquí su relato. No tengo o no encuentro el final de su manuscrito. Quién sabe dónde estará...y, además, mi último café se está enfriando.

Reflexión
El Dr. X (*La Voz*)
No creo que cambie…

La rapidez, que es una virtud,
engendra un vicio que es la prisa.
GREGORIO MARAÑÓN

La investigación de las enfermedades ha avanzado tanto, que cada
vez es más difícil encontrar a alguien que esté completamente sano.
ALDOUS HUXLEY

HE OMITIDO EL nombre del Dr. X, por algo de vergüenza ajena, desde el respeto a la clase médica y, al menos, la esperanza de que no existan muchos casos como éste.

Son las seis de una tarde calurosa del mes de agosto. Llevo media hora esperando la consulta con el Dr. X, y lo considero razonable tratándose de un médico de la mutua privada.

Hay tres personas y un crío de corta edad, que me acompañan en la sala de espera:

Una mujer joven y atractiva con su hijo pequeño que no para de moverse y berrear (me fastidian los niños que no paran de moverse y llorar, sin que los padres hagan nada para que se callen un rato).

Un chico con tejanos raídos, rastas muy largas recogidas en forma de coleta y los inevitables auriculares de su iPod, que mueve convulsivamente la pierna izquierda, mientras mira de reojo el generoso escote de la joven mamá.

Una viejecita encorvada que dormita emitiendo unos extraños silbidos, y los tobillos hinchados. La mujer alza o aleja la voz con acordes monótonos, y su mano derecha descansa sobre un bastón multiusos, que reposa en el suelo con forma de pulpo. En la empuñadura hay una linterna y algo que parece una sirena, imagino de gran potencia, por aquello de "si le pasa algo".

Hace rato que estoy hojeando una atrasada y hortera revista de las llamadas "del corazón", sólo por aburrimiento y bastante hastiado. Me está invadiendo una ligera "flojera" y, para superarla, reflexiono un poco sobre lo que estoy viendo:

Fotos trucadas de pseudo artistas y modelos de tercera, operadas hasta las cejas, como muñecas de cerámica, que esperan ser descubiertas algún día por un productor que les dé "una oportunidad".

Tipos náuticos, luciendo increíbles tatuajes en los brazos y piernas, con relucientes tabletas pectorales, alardeando de un intolerable machismo.

Niños y niñas rubitos haciendo monadas en la cubierta de un yate que hemos pagado entre todos.

Y también, destacado en portada, la imagen de un multimillonario octogenario, con el cuello de la camisa muy duro para disimular las arrugas de su papada. Con una sonrisa bobalicona, comenta que se siente muy feliz preparando su tercera boda con la ex *Miss* de turno, a la que le lleva cuarenta años, en una isla del Caribe, mientras alardea de un casposo título nobiliario (seguramente adquirido de algún otro "noble" arruinado que lo subastó).

Por su parte, ella, con tres hijos de su última relación anterior, manifiesta (en exclusiva, claro), que quiere ser diseñadora de moda y crear su propio estilo (como todas), que lo único que le importa es el amor (faltaría más), que su novio es un ser maravilloso, se lleva "de maravilla" con todos los hijos (los de ambos, supongo), que está como "un toro" (¿a qué atributo del mamífero se referirá?) y se siente más en forma que nunca. De tener más hijos ni una palabra; imagino que algo tiene que ver la vetusta edad del adiposo millonario y el peso de las dos mochilas conjuntas que arrastran la pareja.

En la sala de espera sólo hay revistas como ésta, y todas llevan el clásico folleto sobre belleza y dietética, que ensalza milagrosas cremas y potingues, con gran cantidad de publicidad recurrente para poder financiarse. Ya estoy acostumbrado a esta sarta de tonterías y chorradas para subnormales aburridos, que sólo se pueden aborregar un poco más con este tipo de dimes y diretes.

Otra vez miro el reloj, cuando la voz atiplada de la enfermera del mostrador me sobresalta un poco:

—Señor... (pronuncia mis dos apellidos, omitiendo el acento en el segundo). Ya puede pasar.

Tras un escueto letrero con la palabra "información", aparece el rostro de una mujer con mechas rubias mal teñidas, lentes caídas sobre la nariz, la mirada cansina y un *boli* de la Mutua entre sus dedos regordetes, asegurado con una respetable cadena al mostrador (por si acaso).

Parece estar bastante harta de su tarea, al dirigirse a mí, con aire rutinario:

–Ya puede pasar... Primer pasillo a la derecha, puerta cinco.

Al entrar, lo primero que me impacta son las reducidas dimensiones de la habitación y las paredes vacías. No hay certificados, ni orlas de promoción, ni esquemas del aparato digestivo en colores, ni la clásica foto de la mujer con los hijos... ¡Nada! Sólo un letrero de cartulina, bastante ajado, con el nombre del Dr. X escrito con rotulador.

Es el típico despachito compartido por horas con otros facultativos de la mutua (hay que rentabilizar el espacio), pero lo más cutre es la pequeña mesa metálica que lo domina todo. Sobre ella hay un descomunal ordenador de los antiguos (con "barriga") apuntando hacia la única silla metálica y gris disponible, que oculta totalmente la imagen del Dr. X.

Es bastante incómoda y me siento en ella como puedo, mientras *La Voz* resuena tras la enorme y arcaica pantalla:

—Usted es... (pronuncia mi nombre y apellidos). Ahora tiene (cita mi edad) y vive en... (acierta con mi dirección, lo cual ya es mucho).

La Voz continúa resonando con un tono maquinal:

—Bueno, en 1987... ¡perdón, perdón...! En 1997, usted tuvo un infarto, y fue intervenido quirúrgicamente, con injerto de la *safena* y dos *bypases*. La intervención se realizó sin incidencias remarcables... ¿correcto?

—Sí, sí... (me molesta que me lo recuerden).

—Desde entonces sigue tratamiento crónico tomando... (enumera mi lista de fármacos habituales). ¿Correcto?

—Creo que sí…

Se ha dejado uno para poder dormir mejor, pero no le digo nada. Tras una ligera pausa, *La Voz* parece meditar, y continúa interrogándome con su acento nervioso y pugnaz:

—Pero usted no viene a verme por lo del corazón, ¿verdad? A ver, dígame, dígame… ¿Qué le pasa ahora?

Empiezo a desgranar las últimas inquietudes sobre mis disfunciones intestinales: descomposiciones, dolores abdominales recurrentes, meteorismos… También me remito a mis errores alimentarios, comidas rápidas, cafés, estrés… y me atrevo a comentar el diagnóstico de un amigo mío al que, con estos síntomas, le diagnosticaron hace poco un "colon irritable".

De nuevo *La Voz*:

—Bueno, bueno… Nada de esto consta aquí, y no me interesan en absoluto los diagnósticos de los amigos. Pero es igual, es igual… ¡Haremos una colonoscopia!

Sé lo que es aquello. Lo molesto y desagradable que resulta que te metan un tubo por el culo, y lo escatológico del día anterior, con los sobres diarreicos para limpiarlo todo, defecando sin parar.

Me atrevo a intervenir, lo más amablemente posible:

—Doctor... ¿Es absolutamente necesario? ¿No podría antes explorarme un poco?

La Voz (en ningún momento le he visto la cara) reacciona ahora bastante contrariada. No le ha gustado nada mi sugerencia.

—Mire usted…Todo lo que necesito ya lo veré en la pantalla. La exploración sensorial en estos casos no sirve para nada. Lo único que me importa son los resultados de la colonoscopia. No se preocupe, le sedarán, y, además, no le costará nada. Entra en la póliza… ¿De acuerdo?

Manipula un teclado y oigo el inconfundible sonido de la impresora. Por fin, aparece una mano por el lateral de la gran pantalla que me entrega un papel con el logotipo de la mutua impreso en gruesos caracteres:

—Tenga. La autorización para la colonoscopia. La chica del mostrador le indicará el día y la hora, y la preparación necesaria, ¿correcto?

Siento que algo transgrede mi identidad. He sido educado en valorar la mirada por encima de todo, y reconozco su gran importancia en la vida. Tengo la sospecha de que "voy a explotar un poco". A estas alturas de la película, puedo permitirme el lujo de decir lo que pienso (manteniendo las formas, por supuesto), aunque sé que en su consulta nadie está sobrado de tiempo.

—Doctor... ¿puedo decirle una cosa?

Rogándole, que no se ofenda...

—Diga, diga...—*La Voz* parece más fastidiada que antes. (seguro que he alterado el computo horario previsto para cada visita).

—Soy hijo de médico. Me encanta la medicina y confío en el "arte hipocrático", como puede ver en mi historial clínico. Pero hace más de diez minutos que estoy en su consulta y no me ha mirado ni una sola vez a la cara... ¿Sabe usted que podría tener el rostro amarillo como un canario, o lleno de pústulas, o unas ojeras negras como el carbón, y no lo habría notado? Sinceramente... ¿Le parece normal?

Y entonces (y sólo entonces), aparece el rostro de *La Voz* por el lateral del enorme ordenador.

Es un hombre de mediana edad, bastante calvo por la coronilla, con barbita cana poco cuidada, lentes bifocales de gruesa montura de concha y la inevitable pajarita de colores muy ladeada (parece cansado).

Espero expectante su respuesta, cuando vuelve *La Voz*, ahora bastante más agresiva:

—Mire usted... Llevo veinte años ejerciendo la medicina. Estoy aquí desde las ocho de la mañana, aún no he comido, tengo cuatro pacientes más esperando y sé lo que me hago. Hágame caso y no se mentalice tanto. Tendrá menos problemas. Hagamos la colonoscopia y vuelva a verme cuando tenga los resultados. ¿De acuerdo? Buenas noches... (Lo de "verme" me pareció una gran ironía.)

Finalmente, y sin derecho a réplica, *La Voz* resuena con urgencia dirigiéndose hacia la puerta:

—¡Pili...! ¡Dígale al siguiente que ya puede pasar!

En la recepción el ambiente es algo distinto. La enfermera me está esperando con una sonrisa que parece bastante comprensiva. Mientras firmo el inevitable vale de la consulta, comprueba unos datos en su portátil (al menos éste ya tiene pantalla plana, debe ser suyo), y me entrega un impreso repleto de datos.

—El día 15 a las diez de la mañana, en la planta baja, ¿de acuerdo?

—De acuerdo, de acuerdo... (Empiezo a odiar esta expresión.)

—Bueno, pues le apunto. Aquí tiene las instrucciones del *pre*, léalas con atención, y si no puede venir, avise como mínimo con dos días de antelación. ¿De acuerdo?

Al recoger los papeles, veo que la anciana se levanta penosamente de su silla, ayudándose con el bastón multiuso, y se dirige muy despacio hacia la puerta del Dr. X. Dada la lentitud de sus movimientos, estoy convencido que cuando llegue a sentarse frente al ordenador, *La Voz* ya sabrá de memoria su historial, habrá decidido su diagnóstico y la prueba a la que debe someterse la anciana (posiblemente una colonoscopia). Eso sí, preguntándole antes muchas veces: "¿De acuerdo?"

El doctor usuario de *La Voz*, debe ser un buen tipo, pero, como tantos, agobiado por el sistema, con una jornada estresante, un salario ajustadito, pendiente siempre del reloj, de su anticuado ordenador en el que repasa los historiales de otros colegas, y con muchas ganas de jubilarse pronto.

Un día de estos le enviaré una copia del Juramento hipocrático sin remitente, aunque no creo que se acuerde de mí, o quizás debería identificarme como un paciente al que, finalmente, pudo verle la cara después de un buen rato de consulta.

En cualquier caso, de aquella experiencia en su minúsculo despacho, una tarde calurosa de agosto, mí pregunta obligada es: ¿En quién repercute tanta burocracia? Lo sabemos todos.

Pero, por ahora, sólo quiero que aquel lamentable recuerdo se disipe lo antes posible, porque creo que, aunque todo está cambiando vertiginosamente, *La Voz*, con su viejo ordenador, su pajarita de colores y su obsesión escatológica por las "colonos", no cambiaran nunca...

Reflexión
¿Otros tiempos...?

El secreto de tu futuro esta escondido en tu rutina diaria
Mike Murdok

EN ESTE MOMENTO, cuando son las doce y llueve con fuerza, me encantaría desearle al lector, un "buenas noches y buena suerte", como acababa su programa un famoso presentador de la CBS, Edward Murrow, allá por los años cincuenta, frente al senador McCarthy, y su cruenta e inquisidora cruzada contra el comunismo en EE.UU..

Eran otros tiempos, dirán algunos. ¿O no? Creo que sólo han cambiado los actores, pero no ha cambiado el guión.

La niebla mental de mucha gente borra poco a poco los perfiles de lo racional, tanto para los que buscan soluciones juntando sus manos hacia el cielo, en busca de su deidad heredada o preferida, como para los que lo hacen de rodillas, levantando el culo siempre en una misma dirección.

O para los que ya no hacen nada, sentados en algún rincón de sus cuevas hipotecadas, frente a unos enormes televisores, aullando hipnotizados por el desarrollo de un partido de fútbol (adorando los músculos dopados de sus ídolos de hoy en día), y fatalmente condenados a formar parte de una gran cantidad de gente que, por desgracia, crece sin parar.

Pero lo más alarmante es que muchos parecen no tener ninguna intención de cambiar su cómodo y estúpido esquema conformista. Aunque al "sistema" esto no le va nada mal...

Los grandes conocimientos engendran las grandes dudas.
ARISTÓTELES

APROVECHANDO OTRO ESPACIO nocturno y taciturno, y por una cierta curiosidad sociológica, he repasado los dígitos que delimitan mi existencia terrenal para el sistema, y he alucinado.

Citaré sólo algunos que, forzosamente, tengo que recordar: ...Los datos exactos de mi nacimiento, el número de mi domicilio; el código postal; el DNI, el número del teléfono fijo; el de móvil; el de la alarma; el de la Seguridad Social, la clave para entrar en el PC, la combinación para acceder a la cuenta bancaria, la de la tarjeta de crédito, la matrícula del coche, el número de RACC, y no sé cuántos más...

Pensé: "No soy un ser humano. ¡Sólo soy un algoritmo de más de cien cifras!

"Sin ellas yo no existiría para el sistema... ¡Estoy seguro!"

Y aún supongo que lo peor (para acabar con esta elucubración algo pesimista), será que, cuando mis neuronas se paren, también me adjudicarán otro numerito, encima de un receptáculo de plástico, alquilado en un tanatorio con fachada de supermercado, antes de incinerarme e integrarme en la tierra con las plantas de mi jardín, junto a las cenizas de mi mascota. Eso es lo espero que hagan unos cuantos *deudos* (prefiero llamarlos amigos), si quieren secundar este último capricho terrenal mío.

Ya es tarde. En mi despacho reina el silencio y, al repasar mis últimas frases, fruto de una ligera y pasajera *depre*, me veo obligado a pedir perdón al paciente lector, rogándole que se olvide de esta corta reflexión, o que la digiera con una leve sonrisa displicente (sólo son unas cuantas cifras, ¿verdad?).

Pero, también, y si te apetece, te invito para que hagas la prueba contigo mismo. Es una sugerencia sencilla de realizar y muy reveladora. Coge un papel, memoriza, repasa y apunta...

¿Cuántos dígitos tienes... Perdón, ¿ERES TÚ?

Reflexión
Terrorismo y crisis de valores

No sé qué clase de armas se usarán en la Tercera Guerra Mundial,
pero en la Cuarta Guerra Mundial se combatirá con palos y piedras.
ALBERT EINSTEIN

HOY EN DÍA, no estamos (al menos que se sepa) en ninguna cruzada abierta frente al llamado comunismo, pero sí estamos en otra cruzada más importante. No se trata de una guerra convencional contra un enemigo físico y tangible (como la primera y segundas guerras mundiales).

Es una lucha mucho más sibilina contra un enemigo que asola a toda la humanidad, como si fuese un virus letal, que corroe lo más profundo de la esencia de la raza humana en cualquier sitio, sin distinciones de sexo, raza, credo, o edad. Algo parecido es la guerra contra el ISIS (o Estado Islámico o DAESH o como se le llame) que se ha declarado dentro de un confusionismo bélico y político total, y de la que no quiero opinar demasiado, porque no tengo claro su desarrollo, ni su criminal estrategia terrorista, ni sus apoyos ocultos. Ni ese follón eterno entre "seguridad y libertades" que (también hay que decirlo) utilizan algunos políticos para arrancar votos, a costa de unas víctimas que sólo querían cruzar la calle para comprar el pan de cada día, o tomarse una cerveza en el bar de su barrio.

Sabemos que a pesar de que las religiones podrían ser un elemento de unión, muchas veces en la historia de la humanidad, han acabado alimentando grandes conflictos por la falta de comprensión entre culturas. Desgraciadamente, de seguir las cosas así, las religiones seguirán estando presentes en los cambios del siglo XXI.

Demasiadas veces, en nombre de estas se han organizado guerras y matanzas, bendiciendo a unos bandos y excomulgando a otros, despertando más odios que afectos. Hay que reconocer que, en el fondo, todas las religiones tienen un parecido denominador común muy positivo, ensalzando los eternos valores de paz, amor y concordia, pero cuando los hombres deciden aplicar sectariamente estos principios, los resultados han sido, desde el alba de los tiempos, mucho más polémicos y cruentos que integradores.

Vivimos en un mundo globalizado, pero crecen, sin parar, las diversidades de grandes identidades; religiosas, étnicas, subnacionales, de género… y esos conflictos serán cada vez más largos, diseminados y complejos, y para solucionarlos no servirán sólo las armas, sino también la mal llamada diplomacia.

Lo cierto es que, en el mundo occidental, frente a tanta problemática confusa, y muertes indistintas, ha nacido un nuevo dios fecundado por el miedo: ¡El Dios de la Seguridad!

Un dios al que le ofrecemos, en el altar de los sacrificios, una parte de nuestras costosas libertades. Adorándole, vivimos una pesadilla orwelliana que nos hace estar en un constante estado de excepción, y que aceptamos con resignación, como si fuésemos todos culpables de un remoto pecado original.

Y siempre lo mismo…

Presupuestos astronómicos para más y mejor armamento; cámaras ocultas; *hackers* para los llamados servicios de inteligencia (antes espías); drones; bombas dirigidas (las llaman "inteligentes"); miles de muertos y mutilados; éxodos interminables a ninguna parte, y siempre los daños colaterales… (los que sólo se escondían, sin saber de qué ni por qué).

¿Se trata de un preámbulo del apocalipsis, televisado en directo cada día con puntual morbosidad? ¿Son los cuatro caballos del Apocalipsis los que se adiestran frente a nuestros televisores?

Al final todo el mundo tiene miedo. Todo es potencialmente peligroso. El "grado de alerta" es máximo. No sabes en quién confiar. Cualquier amigo puede ser tu enemigo. Excepto los de "el sistema", claro…

La situación actual en esta zona martirizada de Oriente es un mosaico de intereses complejos. Un damero maldito en cuyo subsuelo transitan, como siempre, los colosales intereses del *contrabando del petróleo,* y el gran negocio de la *venta de armas.* El problema es, además, la división interna y crónica de los países llamados "democráticos".

Cada país que lucha contra ellos tiene muchas discrepancias personales en su seno, por una razón u otra (siempre partidistas y económicas), y el terrorismo sigue ganando la partida del miedo y del terror, como una maldición bíblica con la que purgásemos alguna pendiente y remota lacra. ¿Quizás haya algo de esto?

Hagamos algunas reflexiones y paralelismos curiosos, con lo que ocurre en esta atormentada región:

El último libro del Nuevo Testamento está lleno de símbolos que permiten diversas interpretaciones. Su contenido alude a la existencia de cuatro jinetes que representan la victoria, la guerra, el hambre y la muerte. Se cree que fue escrito a comienzos de la segunda centuria después de Cristo, cuando el territorio de lo que hoy se llama Oriente Medio vivía persecuciones, destrucción y muerte, por parte de los tiranos que lo dominaban.

Una visión actual de este asunto nos llevaría a pensar que veinte siglos después, y en este mismo territorio, han mostrado su presencia los cuatro jinetes. La victoria de la política de Estados Unidos y sus aliados está significando similares situaciones de guerra, hambre, enfermedad y muerte que traen nuevos jinetes, cabalgando bajo el látigo de la potencia norteamericana, de Rusia, de Israel, Turquía, Arabia Saudita, y la cruel dinastía de Siria... Por eso, un "quinto jinete" ha conmocionado a Occidente. Son las gigantescas masas de "emigrados y refugiados" consecuencia obligada de las guerras (más de once millones en los últimos años).

La persecución y la muerte amenazan con vulnerar la tan cacareada estabilidad, construida a partir de la riqueza expoliada durante siglos de vandalismo colonial. Es lo que el sistema llama, un poco despectivamente "la crisis de los refugiados", sin una política coordinada, sin solidaridad, ni un marco legislativo común, en esta cada vez más fragmentada Europa, tanto en lo político, económico, como en lo social.

Y, en el trasfondo, el factor energía (la producción petrolera) sigue siendo un elemento fundamental en todo ello. Un gran número de expertos creen que el "pico de producción" del oro negro ya ha llegado. Estamos pues ante el inicio de otra crisis del petróleo. Se confirma con datos estadísticos fiables, que no es posible que el consumo de energía y la población mundial continúen creciendo sin tregua al ritmo del siglo XX.

El tema es preocupante, a no ser que, en un futuro, se consigan explotar las reservas de *pizarra bituminosa* que existen en EE.UU. (muy difíciles de extraer), o las de *gas natural licuado* (más fácil de transportar en buques cisterna), que existen bajo los inmensos hielos de la Antártida. Habrá que esperar unos años para ver cómo evoluciona esta crisis energética, añadida a las otras que ya padecemos.

Aunque no deja de causar admiración el saber que, hace miles de años, en Caldea, Egipto y China, ya se sabía destilar el petróleo en bruto, el "aceite en piedra" como se llamó, hasta que en la época del Renacimiento apareció bajo la forma latina de *petraeolium,* de donde deriva la actual palabra "petróleo".

Volviendo al escenario actual de Oriente Medio, los acontecimientos en el intervalo de este siglo han desordenado la realidad del pasado, cuando los países árabes permanecían muy unidos en su apoyo a la lucha del pueblo palestino en contra del sionismo.

Ahora, la reordenación que los Estados Unidos han dado al "sistema", (especialmente a partir de los atentados terroristas del 11 de septiembre del 2011), se ha convertido en un estímulo compacto para la construcción de un "enemigo común" como el terrorismo, a la vez que EE.UU. y sus aliados son "la única verdad" que define y establece quién es ese enemigo, cómo, cuándo y dónde hay que combatirlo.

Así visto, estos modernos jinetes apocalípticos se preparan, predicen, se aúnan y buscan nuevos senderos comunes para sembrar la región de muerte, hambre y guerra, no importando que sean musulmanes o sionistas (como hace veinte siglos).

¿Ha cambiado algo? ¡Seguro que sí! Ahora estamos jugando con un asolador fuego planetario que puede destruirnos a todos, en cualquier lugar, sin declaraciones previas, sin espadas, rodelas ni cimitarras, sólo apretando un botoncito. Y esto… ¡Es tan fácil!

Y no añado más, porque dentro de unos días (o unas horas) ya habrá cambiado otra vez la situación actual. Con más soldados sin patria, terroristas suicidas con mochilas de deportes, niños con *kalashnikov* y bombas de peluche, furgonetas manchadas de sangre inocente, y muchas gentes que escupen sangre y mueren sin saber qué ha pasado.

Y siguen las concentraciones con velitas y políticos gimoteando en las plazas de este desquiciado planeta, pendientes sólo de los flashes y de las cámaras de televisión, ávidos de sensacionalismo mediático y de su rédito electoral.

Aunque los *tele-desgracias* ahora ya lo califiquen tan sólo con un escueto y cansino "resumen de la actualidad". Mientras, "el mal" seguirá ocupando los grandes titulares de los medios, día tras día… ¡Es lo que más vende! Porque "el bien" no tiene mucha seducción, ni tanta *cuota de pantalla*, hasta llegar a cansarnos… ¿O no?

> *La libertad no funciona tan bien en la práctica,*
> *como lo hace en los discursos*
> WILL ROGERS

LOS CUATRO JINETES DEL APOCALIPSIS BÍBLICO

LOS CUATRO JINETES del Apocalipsis están descritos en su capítulo 6, (versos 1-8). Son descripciones simbólicas de diferentes eventos que tendrán lugar al final de los tiempos:

EL ANTICRISTO (*caballo blanco*). LA ENFERMEDAD (*caballo pálido*). EL HAMBRE (*caballo negro*) y LA GUERRA (*caballo rojo*, el Armagedón).

La mayoría de ellos ya han hecho su aparición, de una u otra forma aterradora, en la historia de la humanidad.

Podríamos decir que los cuatro jinetes del Apocalipsis son el desplome de cuatro de los paradigmas en la actualidad, cada vez más peligrosos, cuestionados y malogrados:

LA RELIGIÓN *¿Quien soy?* - LA SALUD *¿Cómo estoy?* - LA ECONOMÍA *¿Qué tengo?* - LA POLÍTICA *¿Quién manda?*

No hace muchos años, un famoso columnista del *New York Times* afirmaba con acierto que "la vida moderna está llena de sentimientos de indecisión y vacilaciones" (es la ignorancia); "carece de fundamentos sólidos para tomar las decisiones adecuadas" (es la incompetencia) y "el individualismo" a ultranza, nos aleja de un sentimiento de solidaridad (es el egoísmo).

Estos elementos son los que nos han conducido a esta situación y configuran el resultado de una gran crisis de valores, mantenida y continuada durante demasiado tiempo, por lo que ahora ya pagamos, y pagaremos más, sus consecuencias en un futuro inmediato.

A esta crisis, que todos padecemos, podemos llamarla económica, financiera, social, coyuntural…, o como queramos calificarla (es igual), porque, en el fondo, lo que subyace es el gran problema de una profunda *crisis de valores*.

Atravesamos un escenario donde los conceptos de "calidad y esfuerzo" han sido sustituidos por la cultura de lo "fácil e inmediato", presidida por un absoluto sentimiento materialista que lo domina todo, más allá de cualquier consideración ética. Mucha gente, durante mucho tiempo, ha vivido, y aún vive, sumergida en este concepto, equivoco y efímero, y al final han concluido erradamente que se puede "morir de éxito", cuando en realidad mueren de hastío, con las arterias secas y las neuronas abotagadas.

Aunque en la esquela de *La Vanguardia* a dos columnas ponga: "Excmo. Sr"; algunas "cruces y condecoraciones", agradeciendo los servicios prestados al partido en el gobierno de turno; y "confortado con los Santos Sacramentos" (si han llegado a tiempo, y si no… ¡también!).

Paralelamente, en este escenario en el que nada es lo que parece, los "mercados" ya han conseguido algo diabólico: "que todo el mundo deba dinero a todo el mundo, y que nadie pueda pagar". Es lo que importa; crear deudas astronómicas para cobrar los enormes intereses que generan. Intereses que muchos países no pueden soportar, aumentando el déficit, incrementando la deuda, y teniendo que recurrir de nuevo a los "mercados" (un círculo perverso, orquestado por unos pocos).

Hoy en día, más de la mitad del dinero que mueven las bolsas está gestionado por programas robotizados, estadísticas y cálculo de probabilidades. El resto depende los llamados *brokers*, que juegan al póquer con el dinero de los demás, y la bolsa no es más que un diabólico juego *on line*, absolutamente manipulado; un juego en el que el pequeño inversor sólo es una gota de agua que no se entera de nada, excepto cuando pierde claro, y, a veces ni eso.

Las bancarrotas se socializan. Las ganancias se privatizan. El dinero es más libre que la gente, y la gente está al servicio de las cosas.

EDUARDO GALEANO

LA MITOLOGÍA DE los "sistemas" instaurados en el mundo, sea cual sea el escenario político que los sostienen, funciona siempre así, propiciando sin parar la creación de un régimen creciente y constante de las llamadas "necesidades". Un consumismo frenético y enardecido, auspiciado por las multinacionales, con la complicidad inexcusable de las entidades financieras, que orientan hábilmente nuestros hábitos y carencias esenciales, y favorecido, en un lugar muy destacado, por la erupción de dos palabras embaucadoras: el "crédito" y la "hipoteca". Basadas, naturalmente en "suposiciones" y en "acuerdos".

Va a ser difícil cambiar este esquema, sobre todo por la gran acumulación enfermiza de poder económico en sus manos, y porque la historia de la humanidad ya ha dado muchas vueltas, desde el trueque entre los fenicios (el sistema de intercambio de mercancías sin mediadores), hasta la situación actual en la que el "dinero inorgánico" (el rey del plástico) circula sin que lo controlemos, y sin que seamos conscientes de su posible manipulación.

Si la llamada política no recobra su autonomía frente a la prepotencia de los llamados mercados financieros, los grupos de presión, los poderosos *lobbies* de la industria armamentística y los partidismos sectarios, la sociedad no será capaz de superar de forma clara su repulsa ante tanto abuso.

Esta quiebra moral de la economía no fue cuestionada por nadie. Incluso las empresas de *rating*, y las entidades financieras que causaron el desastre en el año 2008 con su nefasta actuación (la apuesta por las hipotecas de alto riesgo de impago, las *subprime*, entre otras) provocado pérdidas de más de 18.000 millones de dólares, que fueron luego rescatadas por los gobiernos con dinero público (el nuestro o el de nuestros impuestos, que es lo mismo).

Al instante se derrumbaron las bolsas del mundo, los mercados se convirtieron en un nido de avispas y el sistema palideció. Lo que ocurrió fue mucho más grave que un período económico descendente. Acaeció la mayor recesión jamás sufrida por la economía capitalista mundial, y esta catástrofe tuvo tantas repercusiones mundiales que aún hoy en día sus efectos están muy presentes en nuestras inestabilidades financieras.

Fue cuando la secretaria de Estado para temas económicos de EE.UU. dijo una frase que me quedó grabada por su enorme dosis de cinismo y crueldad, refiriéndose a los *brokers* de Wall Street ("los chorizos de la economía trilera", en acertada expresión de Maruja Torres):

"Señores… ¡La fiesta ha terminado!"

Sin duda esta señora, rodeada de guardaespaldas, pisando una gran alfombra roja, con un sueldo vitalicio superior a las seis cifras, ignoraba que… ¡La fiesta no había existido nunca para más de las tres cuartas partes de la población mundial!

Aunque ya se sabe… Aquel país de hamburguesas grasientas, armas para todos, asesinatos masivos, espionajes, desigualdades sociales, racismo, segregación, y huracanes devastadores es así.

(Prácticamente con el uno por ciento de lo que los gobiernos dedicaron en rescates para aquella gran crisis financiera, podría haberse solucionado el hambre en casi todo el planeta. *Encuentro de ONG mundial -Madrid 2010*).

Hace 10.000 años se calcula que la población del planeta sólo era entre diez y doce millones de humanos, pero con la explosión agrícola se incrementó muchísimo pues llegó a unos 150 millones al principio de nuestra era (un tercio el Imperio romano, otro tercio el Imperio chino y el resto muy disgregado). Doscientos años después ya se había doblado, y transcurridos otros doscientos años más se multiplicó por seis, y se llegó a los 6.000 millones. Somos unos 7.500 millones de habitantes en el planeta, y muchos científicos auguran una población de 10.000 millones a finales del 2050, pero… ¡con 2.500 millones concentrados todos en África!

El problema será la distribución de este enorme crecimiento:

El 50 por ciento de la población actual vive en áreas urbanas, y dentro de treinta años se estima que será el 70 por ciento. Esta urbanización crece muy rápido y el modelo actual no es sostenible (todas las sociedades se concentran rápidamente en caóticas zonas urbanas), y existe un gran crecimiento de la desigualdad en ellas. Todo esto será un reto inmenso en las décadas venideras.

Otras preguntas inquietantes (no para todos, lamentablemente), serían:

¿Cuántos humanos podrá soportar nuestro planeta? ¿Qué modelo de alimentación será posible, teniendo en cuenta la superpoblación, las guerras, las catástrofes medioambientales cada vez más frecuentes, el final de las energías, y este consumismo creciente, brutal y desordenado?

De acuerdo con el reporte de Credit Suïsse de 2014, el uno por ciento de la población mundial posee la mitad de la riqueza global, siendo la primera vez que se llega a este récord, y las personas ubicadas en esta escala acumulan el 45,2 por ciento del total de la riqueza en el mundo...

Sugiero meditar unos segundos sobre estas escandalosas cifras, sin cabrearse demasiado.

Reflexión
Nostalgia

El hombre nace libre, responsable y sin excusas.
JEAN-PAUL SARTRE

Para ser feliz es suficiente tener buena salud y mala memoria.
INGRID BERGMAN

HOY, CON EL paso del tiempo, me acompañan los ecos de mi evolución interior llena de anécdotas, complicadas unas y candorosas otras, en el transcurso de la vida. Sigo admirando la lucha por la verdad, al margen de otros arquetipos que, sin duda, hubiesen resultado más cómodos y más "políticamente correctos" en esta sociedad tan "políticamente incorrecta".

Estoy inmerso en una etapa que el sistema califica como "la tercera edad", en una síntesis estadística, pero que es un período al que considero como la etapa de la experiencia y la serenidad, en la que las sombras tienen luz propia, lejos de las turbulencias y los errores de la juventud.

Entonces alcanzas a notar que, aunque creas tener un castillo muy grande, éste sólo reposa sobre cimientos de arena movediza, y todo se hace más pequeño, menos importante, y se relativiza. Ésta es una reflexión necesaria, mientras te vas acercando hacia algo desconocido que te llama sin remedio en dirección a las estrellas, o hacia la nada (depende de lo que creas, o de lo que te hayan hecho creer).

Son otros tiempos. Todo está cambiado muy rápidamente, aunque, en realidad, la gente no cambia nunca del todo por dentro. Endurece su coraza individual para defenderse de un exterior cada vez más hostil e injusto, mientras lo biológico se esfuerza para intentar perpetuarse un poco más.

Por eso, se sigue buscando la felicidad, o algo parecido, como en un sueño… El equilibrio interior, la verdad, la compañía de los amigos, la salida del sol, la lluvia, las plantas, el silencio…

Es un pacto diario con el destino, procurando tapar los oídos a la estupidez y a la violencia, rechazar el sabor ácido de la injusticia y de la corrupción, no ocultarse bajo el antifaz de la indiferencia, y seguir avanzando… Aunque no siempre se consigue.

Regreso al pasado para recordar con nostalgia otra vez a mi padre, cuando sentenciaba:

"Si existe un juicio coherente para el comportamiento de las personas de hoy, es difícil que esto te permita conseguir un estado completo de paz interior".

Él estaba al corriente, desde su vocación hipocrática, que, aparte de su función operativa, cada órgano interno del cuerpo es "un archivo metafórico" de toda nuestra existencia personal y única, y que cada dolencia apunta hacia un escenario de nuestra vida, que está fuera del equilibrio… ¡Lo llamamos "la enfermedad"!

Existe un código secreto del cuerpo, que reacciona y nos indica el camino más correcto que debemos, o deberíamos, seguir. La enfermedad es "algo" de nuestra psique, un desequilibrio energético entre nuestra parte positiva y negativa, que intenta dirigir una redención hacia alguna práctica alterada de nuestra existencia, ya sea presente o pasada, que ahora sentimos, y entonces nos quejamos y decimos que "nos duele". Siempre existe una somatización entre cualquier sentido o sentimiento nuestro y su órgano correspondiente.

Su tesis hipocrática solía concluir así:

"Sanar es una forma de organizar un punto de vista integral hacia la realidad del ser humano. Ahora hay demasiada tecnificación en la sanidad, por lo que se parcela excesivamente a la persona. Hay que potenciar nuestras energías positivas, superar nuestros conflictos internos y los del territorio… ¡Pero no siempre es fácil! Por eso no miro el reloj cuando estoy con mis pacientes".

En cualquier caso, y a pesar de todo, hay que intentarlo, añado yo.

Relato-Reflexión
Los lutos de antes
Y la realidad virtual…

La única ofensa que no puedes castigar es tu discurso fúnebre.

NICOLAE IORGA

AUNQUE ESTE TITULAr, en términos informativos, parezca un tanto sombrío, el motivo de este relato-reflexión responde a la necesidad de exponer que el cambio que estamos sufriendo en todos los órdenes de esta vida, no sólo lo es en los escenarios éticos, sociales, políticos e incluso cósmicos, sino que aparece también en uno de sus más concluyentes momentos. Cuando acontece algo de lo que nunca nos podremos escapar; lo que llamamos, con cierto sarcasmo: el final del trayecto.

Los que empezamos a abrirnos paso a la vida en la llamada década prodigiosa de los setenta, fuimos testigos de aquellos acontecimientos llenos de gran simbolismo social y un tanto esotéricos, con toda su increíble parafernalia.

Resumo, casi con cierta incredibilidad desde la perspectiva actual, como sucedían las cosas en aquellos tiempos no tan lejanos, auspiciadas como siempre por el sistema que ya lo controlaba todo, incluso la muerte.

Antes:

El difunto recorría (en realidad estaba muy parado) las últimas horas de su corpórea presencia en su casa, rodeado de los oficialmente suyos. Lo habían ataviado con sus mejores prendas, en el dormitorio de toda la vida, donde había soñado, amado, procreado (a veces), y sufrido algunas gripes en los largos días invernales.

Las verjas de hierro de las porterías modernistas estaban abiertas por el lado no habitual, anunciando simbólicamente al visitante que en aquella escalera había un difunto.

La puerta del domicilio no se cerraba, para facilitar a cualquier hora la llegada de las visitas.

Los vecinos procuraban mantener un respetuoso silencio. Las radios bajaban el volumen, y se hacían recomendaciones a los pequeños para que no armasen demasiado jaleo.

Al acabar el velatorio, llegaba el complicado momento de descender la caja por una empinada escalera e introducirla en un carruaje negro. Obras de arte que recordaban la imaginería de Salcillo, adornados con coronas de flores y tradicionales dedicatorias, cuyo tiro estaba formado por dos o más yeguas de lujuriosas nalgas, según el entierro fuese de primera, segunda o tercera, que de todo había según el presupuesto y la habilidad del comercial de la funeraria al vender el servicio.

A continuación, el recorrido por las calles era todo un espectáculo: Los agentes detenían la circulación saludando militarmente el paso de la comitiva. Algunos caballeros se descubrían la cabeza (muchos llevaban sombrero) y las mujeres se santiguaban.

La procesión estaba presidida por los deudos más próximos con rostros compungidos. Seguía una masa heterogénea de amigos de toda la vida y acababa con un grupo de vecinos, que se sentían obligados por algún tipo de interés, y los jubilados del barrio que no tenían otra cosa que hacer.

En este último grupo se fumaba mucho y se discutía acaloradamente de fútbol, amparándose en la distancia que les separaba de los familiares más directos.

En la iglesia la parafernalia alcanzaba cotas increíbles…

El reparto de las esquelas era un acto cargado de simbolismo. A veces figuraba la imagen entristecida del finado dentro de un marco ovalado y difuminado, lo que le confería un aspecto áurico. El pésame, con algunas cortas palabras aburridas de dolor, se realizaba en el exterior.

Hoy, todo esto ha cambiado mucho.

Son eventos, por llamarlos así, radicalmente distintos. Fríos, cronometrados, como si el último adiós fuese un acto más de la cadena de un montaje dedicado a reciclar residuos humanos de forma ecológica y sostenible. (Ahora todo ha de ser ecológico y sostenible.)

Voy a resumir, aunque parezca un sainete mal representado pero real, uno de estos sepelios al que he acudido últimamente, añadiendo sólo los comentarios de urgencia, a los que me veo obligado por el impacto que he sentido.

He asistido a uno de ellos, ultrarrápido y organizado, que tantos beneficios proporcionan a las empresas municipales de pompas fúnebres (lo de pompas me parece una ironía) y he alucinado:

He visto a la gente llegar a estos modernos tanatorios de fachadas acristaladas, que parecen grandes almacenes o salas multicines, mirando el reloj constantemente.

Me he topado con una masa heterogénea de personas ocupando un amplio pasillo, preguntando con algo de vergüenza: "Perdón: ¿ustedes son los de la cabina 25?".

Una vez localizado el neutro reducto, he penetrado en la antesala para saludar, brevemente, a alguien que no recuerdo conocer en aquel momento. He visto sonrisas anónimas de simulado agradecimiento, algún beso o apretón de manos, y repetido el clásico "lo siento mucho" o "he venido en cuanto he podido". Expresiones rápidas que evitan cualquier intento de prolongar un diálogo que nadie desea mantener.

Llegado este momento, mucha gente considera que ya ha cumplido su objetivo. Ha hecho "acto de presencia", se "ha dejado ver", y desaparece con la misma rapidez con la que llegó.

Si la relación con el finado es más próxima, se entra en la salita interior, donde descansan los restos (bien peinado y acicalado), del sujeto motivo de nuestro desplazamiento, y me encuentro con un escenario más patético si cabe.

El cuerpo del protagonista está ubicado dentro de un receptáculo de plástico, que parece recuperado de un antigua y mala película de ciencia ficción. Al fondo, disimulada, existe una trampilla por donde lo harán desaparecer (como por arte de magia), reapareciendo a los pocos minutos en una sala de actos rotulada con un escueto "capilla", a la que el público debe acudir a toda prisa porque el horario es muy estricto.

Situado ya en la capilla, mezcla de sala de una ONG o casino de pueblo recién inaugurado, se inicia el momento cumbre de la ceremonia…

El sacerdote de guardia (siempre hay uno), pronuncia unas palabras relativas al santo del día o al evangelio, con algunas referencias al muerto, al que llama reiteradamente hermano, mientras, de reojo, observa un papel para no equivocarse de nombre.

Realizado este canto de las teóricas excelencias del difunto, insistiendo en sus habituales prácticas religiosas (que nadie recuerda), el capellán, ante la mirada resignada de los asistentes, aprovecha la ocasión para lanzar algunas diatribas sobre el amor libre, la eutanasia, el aborto o algún partido de izquierdas, según se le ocurra o las instrucciones que tenga al respecto.

Finalmente, en el exterior la desbandada es total.

Se encienden de golpe numerosos pitillos. La urgencia para encender los móviles se simultánea con el intercambio de tarjetas entre conocidos que hace tiempo no se ven, y se inicia la carrera hacia el aparcamiento o en busca de un taxi. Sólo unos pocos esperan para subir en los negros y vetustos Mercedes de la funeraria que entran en la póliza del Seguro; otro apéndice más reglamentado dentro de los intereses de este funesto tinglado.

A partir de aquí, el círculo de la vida y la muerte se ha cerrado, una vez más, con su fuerza aplastante. Sólo queda el olvido de casi todos y una pequeña estampita con las socorridas plegarias de siempre (mal llamadas recordatorios, porque suelen perderse enseguida), y de la que merece especial atención la edad del fallecido. (Un dato que puede animarnos o deprimirnos al compararla con la nuestra; forma parte de la naturaleza humana, no podemos negarlo).

Por eso, desde hace tiempo, no asisto a los entierros, salvo muy pocas excepciones.

Una de ellas ha sido hace pocos días, cuando falleció un amigo de toda la vida (los del *cole*). Esos que perduran, aunque en las comidas anuales hayan de llevar un distintivo para identificarlos prescindiendo de alopecias y barbas blancas.

En esta ocasión he tenido la suerte de compartir el "banquillo de los afligidos" con Max, otro de los *compis* que se ha vuelto un experto muy documentado sobre el mundo de la *realidad virtual*.

No perdí la ocasión de aprovecharme de su erudición en el tema, algo que está explosionando con una fuerza enorme en muchos ámbitos, y que reconozco (con algún sentimiento de culpabilidad) no forma parte de mis inquietudes actuales.

Finalizado este ritual para despedir a nuestro común amigo, y hechas las consideraciones críticas e irónicas al respecto, fuimos a un bar cercano. Siempre hay uno estratégico para reponer fuerzas y tomar un vino en recuerdo del que se ha ido y charlar un rato, alegrándose de no haberle acompañado en su último recorrido.

Abusando de su amistad y también sospechando un poco que el tema seria denso y complicado dada mi nula información, le rogué que me sintetizara un poco.

Max es directivo de una empresa dedicada a promocionar este milagro que hace las delicias de los amantes de la virtualidad, con sus gafas, cascos y guantes psicodélicos, en campos como la medicina, la exploración espacial, la arquitectura, penetrando en horizontes hasta ahora inexplorados. Está acostumbrado a exponer ideas, planes, programas y simplificar cuando es preciso. Y así lo hizo:

"Sólo te diré que se trata de una tecnología en plena evolución. En el fondo es una simulación por computadora, dinámica, tridimensional, acústica y táctil, orientada a la visualización de situaciones, aunque estén muy alejadas. El usuario ingresa en mundos (reales o irreales), participando plenamente con ellos. Esto es lo más importante.

"En la empresa donde estoy yo, estamos especializados en la ¡TELEPRESENCIA!"

Enfatizó mucho esta palabra, como si fuese una revelación divina, algo que hubiese podido utilizar Moisés al descender del monte Sinaí, con su báculo mágico y las tablas de los Diez Mandamientos. "¿Pudo haber sido aquello algo parecido?", pensé, pero me callé.

Aunque mi imaginación continuaba volando y recreando lo que podían haber hecho los santos, los profetas y los extraterrestres hace miles de años. Las apariciones, las resurrecciones, las abducciones y demás fenómenos y sucesos extraordinarios, que, hoy en día, podrían explicarse con estas nuevas tecnologías.

Ajeno a mis pensamientos esotéricos, Max seguía con su exposición, clara, sintética, pragmática y muy comercial:

"Es una técnica que evita los desplazamientos innecesarios, ahorra tiempos improductivos, mejora la comunicación personal interactiva, y todo ello permite ver y escuchar al interlocutor o interlocutores como si estuvieran al lado de nosotros. No sólo mantienes una comunicación oral y gestual, poder abrazarlo o darle la mano, sino que, además, puedes compartir la visualización simultánea con otras personas, y todo desde tu móvil o tu tablet... Es una auténtica revolución que sólo ha empezado. "¿No te parece?"

Habíamos pedido empanadillas de atún y unos tintos. Mi amigo parecía haber agotado su tiempo (el precioso tiempo de los ejecutivos, le sonreí) que me había dedicado, y decidí agradecérselo, añadiendo una última cuestión que desde hacía rato me rondaba por la cabeza.

—¿No crees que esto sería ideal para la experiencia que hemos sufrido hace un rato los dos...? Poder dar el pésame, saludar a los conocidos, incluso firmar en el libro de condolencias, y todo ello desde casa, leyendo un buen libro, y observando toda esa absurda parafernalia en ropa cómoda, o pedirle que me manden "el recordatorio", aunque sólo sea por deferencia.

"¿Has pensado en esta "aplicación", como lo llamáis vosotros? A lo mejor se podría patentar, ¿verdad?

Entonces Max se rió con esa sonrisa abierta y confiada que tienen los ejecutivos con garra, saben varios idiomas, han triunfado y esperan triunfar más, que son "emprendedores", pero que ya acumulan una experiencia sobre lo que es rentable y lo que no lo es.

—No lo creo, la verdad. No te digo que no sea una buena idea, pero en este país no sería posible. Hay demasiados intereses creados entorno a todo este tinglado. Los ayuntamientos, las funerarias, los seguros, los coches, las flores, los ataúdes, la Iglesia... El *sistema*, como dices tú, no lo permitiría. Quizás con otra civilización menos falsa y materialista... aunque tampoco me parece posible.

"De todas formas, es un tema interesante para que lo comente en la próxima reunión del comité ejecutivo, ante mis jefes (que, por cierto, son chinos) para que vean que estoy "al loro".

Comprendí que Max daba por acabada su intervención.

—Gracias. De verdad. Nos vemos otro día. Espero que en otras circunstancias.

Me quedé un rato leyendo el periódico, mientras pensaba: "Tiene mucha razón. El *sistema* no lo permitiría nunca, pero al menos aún no está prohibido tener ideas… De momento".

Y sonreí satisfecho mientras pedía otra empanadilla y un café corto.

Segunda parte
Estamos en el futuro

Reflexión
Una nueva era
Ya está aquí...

Aunque no te ocupes de la política, ella ya se ocupará de ti.
YVES MONTAND

MUCHOS HISTORIADORES HAN dividido la historia en varias etapas:
La prehistoria (desde la aparición de la especie humana [¿...?] hasta la escritura).

La Edad Antigua (desde la escritura hasta la caída del Imperio romano, en el 476 d.C.).

La Edad Media (desde el 476 d.C. hasta el 1453, la caída de Constantinopla en poder de los turcos).

La Edad Moderna (desde 1453 hasta la Revolución Francesa en 1789).

La Edad Contemporánea (desde la Revolución Francesa hasta la actualidad).

Pero cada vez estoy más convencido que nos encontramos en el inicio de una nueva era o edad, que no sé cómo llamarla. Quizás en el futuro la califiquen como la *Edad del Retorno*, o la *Edad del Cambio*.

Siempre viajamos desde el pasado hacia el futuro, es lo que llamamos *la flecha del tiempo*, pero, de momento, sólo nos paramos en el presente. ¿Cambiará pronto esta dimensión humana?

Mi opinión es la de una persona que lleva ya bastantes años en este oficio de la vida, y que ha podido ver cómo han cambiado y están cambiando a toda velocidad lo que en lenguaje coloquial llamamos "las cosas". Las "pequeñas y las grandes cosas", con independencia de las llamadas "cosas políticas", repletas de miserias humanas, que no son más que unas insignificantes gotas de agua comparadas con lo que puede pasar, o está pasando ya, en nuestro planeta o en el universo.

En un plano más cercano, cada época es un régimen de atenciones determinado, con sus preferencias, sus supuestas clarividencias y sus errores, y ahora, estamos empezando a ver algo parecido a lo que fue la Revolución Francesa, pero mucho más profundo y universal. Una reinvención del mundo, un cambio en sus esquemas de convivencia políticos, sociales y religiosos, que siempre han formado parte del mismo arco de la existencia a través de los siglos. Sólo ha cambiado la gestión del tiempo... ¡Hoy está más cerca!

Mencionaré unas palabras de Eduardo Galeano, cuando vino a España para ver de cerca el llamado movimiento 15-M:

"Hoy, más que nunca, el mundo está dividido entre los indignados y los indignos. Hay demasiados clubs de banqueros, presidentes, políticos y generales, como el FMI, el G-7, el G-20, el Club Bilderberg, o lo que sea... que dominan el mundo, y toman decisiones para provocar, controlar y prolongar guerras, desmoronar economías en unos minutos, y proponer dignatarios o derrocarlos con su inmenso poder económico y sus *lobbies*".

Estas "élites tóxicas" (los señores del universo, como los definió Tom Wolfe en su obra *La hoguera de las vanidades*) crecen y se multiplican, con su individualismo feroz y, en muchos casos, con una hortera y casposa vocación aristocrática. Son verdaderas mafias internacionales en todos los ámbitos de la política y las finanzas, utilizando sólo la ayuda entre ellos. Nunca se sabe nada de sus reuniones anuales, por supuesto. Las medidas de seguridad son más que extremas, no hay actas, no hay declaraciones, ni televisión, incluso ni camareros a la hora de los cafés. Sólo puertas cerradas. ¿Por qué? Podemos imaginarlo...

De todas formas, ¡nada será como antes! Es de sentido común que habrá que priorizar nuestras insaciables y muchas veces estúpidas necesidades, e inevitablemente reducir bastantes de ellas. El problema radica en saber cuáles han de ser y cómo hacerlo, porque la historia es una señora muy lenta, la naturaleza del hombre es en esencia egoísta y, además, las desigualdades sociales son demasiado grandes como para aceptarlas, siempre con odio, guerras y derramamiento de sangre.

Puestos a hacernos otras preguntas serias, y pensando sólo en los últimos años, estas serían:

¿Qué está pasando últimamente en el interior y en la corteza de nuestro planeta? ¿Por qué hay tantos terremotos, erupciones, huracanes, inundaciones, incendios, sequías, tsunamis, deshielos polares? ¿Se deben a la actividad solar? ¿Al cambio climático? ¿A un cambio geomagnético? ¿O hay algo más que procede del exterior y desconocemos?

No lo sabemos con exactitud. Es posible que sea algo de todo, y bastante de nuestra orgullosa industrialización, desmedida y desordenada.

Vuelvo a caer en la tentación de adaptar a tiempos más actuales las ideas de lo que voy expresando.

Toda la humanidad ha seguido con atención la pasada "Cumbre sobre el cambio climático" en París (150 mandatarios de todo el mundo y dicen que se lo han tomado en serio). Se han reunido, han comido y bebido por todo lo alto (son los líderes del mundo y están en París), y parece que han llegado a un acuerdo: Descarbonizar la economía y aumentar las energías renovables. Todo esto dentro de un pacto vinculante: Que la temperatura de nuestro planeta no haya subido más de dos grados centígrados en el año 2100.

No tengo que hacer muchos números (dada mi edad y la de mis coetáneos) para calificarlo como bastante sarcástico. ¿Quién podrá comprobarlo? Al menos, es un acuerdo; lo de "vinculante" ya veremos qué pasa en el futuro. (EE.UU. ya se ha retirado…) aunque lo firmaron China y EE. UU, que, entre las dos potencias, suman el 50 por ciento de las emisiones de CO_2 del planeta. ¡Todo un detalle para la prensa!

Vivimos en un planeta violento y en un universo misterioso y convulso que lo ha sido y lo seguirá siendo, con un núcleo en constante eclosión que no augura ningún futuro optimista, a tenor de los datos registrados desde hace años. La economía mundial ahorraría 17 billones de dólares si en este siglo se limitara la temperatura media del planeta un grado y medio, y, según el Foro Económico Mundial, en el año 2050 habrá más residuos de plástico que peces en los océanos. Paralelamente, un estudio de PNAs.org., calculó que el ser humano, responsable de esto, es solamente el 0,01 por ciento de toda la vida en la Tierra.

ᴅ᙭ᴉ

Relato
Juan el economista
Sus razones...

No se establece una dictadura para salvaguardar una revolución.
Se hace la revolución para establecer una dictadura.

GEORGE ORWELL

ECONOMISTA Y ABOGADO, crítico y muy bien informado, coincidimos a menudo en algunos restaurantes. Lo veo andar con frecuencia, con el paso rápido y la mirada algo preocupada. Colabora en un periódico de difusión nacional, y en una conferencia suya tuve la oportunidad (con su expresa autorización), de grabar lo que dijo.

Resumo de esa charla lo que más me convenció, y que comparto plenamente:

"Algo que preocupa hoy es que mucha gente adopta un aire pasivo, de una cierta desesperanza que anula las reacciones. Es un sentimiento de pesimismo, de indiferencia, y de una aceptación tácita de que *las cosas son como son, y alguien ya las arreglara en el futuro.*

"La realidad es que los partidos políticos que administran ese enorme poder económico transversal están anclados y absorbidos sólo en el punto de mira de sus ambiciones partidistas (cuando no sólo personales, a través de la lacra de la corrupción), y dedicados en exclusiva a afianzar unas fugaces cuotas de autoridad en sus pequeñas áreas geográficas, paradójicamente en un mundo globalizado, y donde aún se contiene con exaltación (pero con una lamentable falta de diálogo), sobre algunos desencuentros."

Los "pequeños divorcios periféricos", les llamo, con cierto sarcasmo, mientras pienso: ¿Quién pagará el precio de estas tensiones? A buen seguro será la economía productiva (nunca la especulativa, que siempre gana), y la ciudadanía, dividida y enfrentada por la manipulación, la desinformación y los sentimientos contrapuestos. (La sinrazón de los sentimientos, en vez de los sentimientos de la razón.)

¿Vale la pena sufrir, luchar, e incluso morir, por unas efímeras cuotas de poder político, movidas por unos pocos medradores, que pueden desaparecer en unos instantes como ya ha ocurrido tantas veces en la historia?

Otra cuestión, digna de reflexión sería: ¿Quién podría imaginarse una década atrás, que, con más de tres millones de parados, no existiría una movilización social mucho más radical?

La economía sumergida mantiene parte de este difícil equilibrio social sin consecuencias más dramáticas, pero también hay un cierto pasotismo y acomodación; aunque el paro tiene como peor consecuencia la exclusión social, que afecta a lo más esencial de los valores humanos: la autoestima y la dignidad de las personas.

Y esto puede tener una explicación: el hombre se siente náufrago, angustiado en su interior. Quiere apoyarse en algo, y aparece la necesidad de buscar una nueva escala de valores, que le dé un sentido positivo a la vida, tanto personal como colectiva. Le han sustituido los valores morales por los intereses económicos. Se siente oprimido y abrumado por dos conceptos nuevos, llenos de malos augurios: el *sistema* y los *mercados*.

Actualmente, el *sistema*, sea del color que sea, dispone de variados mecanismos para someternos cada vez un poco más.

Uno de ellos es introducirnos en un receptáculo, que se intenta por todos los medios que sea lo más duradero y legal posible, llamado de forma genérica familia, ya sea circular o poliédrica, para controlarnos, llenarnos de grandes responsabilidades personales y no dejarnos ser demasiado "liberales".

Ya se han inventado nuevas variantes de "parejas de todo tipo", para tener más ciudadanos preocupados por su ego circunstancial. Lo importante para el *sistema*, es que se esté incluido en algún tipo de registro oficial, con los máximos datos posibles, y conseguir que el proteccionismo y, sobre todo, la voracidad impositiva, avancen cada vez más sin posible escapatoria.

Otro dispositivo, llamado democrático, es hacernos depositar periódicamente una papeleta en una urna para que nos sintamos corresponsables de los errores o desmanes que se puedan cometer durante cuatro años en la administración, y además hacernos correr con los gastos.

Con estos mecanismos, alguna póliza de un abusivo seguro de vida, una hipoteca que superará con creces nuestras esperanzas de vida, los plazos de un enorme coche imposible de aparcar, polucionándolo todo, y algunas cosas más, se completan los grilletes de una cadena que nos tiene sometidos con fuerza al sistema.

Pagamos impuestos europeos, nacionales, autonómicos, regionales y locales… mientras nos ofenden las cifras de los gastos públicos, coches oficiales, tarjetas de crédito a cargo del erario (nosotros), amiguismos, puertas giratorias… Todo ello en un escenario de batallas retóricas (como en la época de los Medici), pero con más cámaras ocultas, pinchazos telefónicos, espionajes, dossieres, complots, delaciones, y la corrupción pululando en todos los niveles.

Seguimos decepcionados de tantos partidos políticos que nos machacan a diario con sus encuestas, propuestas y beligerancias, pidiéndonos el voto. Jugamos a ser súbditos de una Casa Real que "está por encima de todo" (ahora "casi" por encima de todo). Somos esclavos de un banco o una caja, que nos oprime con sus intereses abusivos. Y hacemos una larga cola para ser visitados por un "especialista" que nos atemoriza en una consulta corta, informatizada y fría, advirtiéndonos del paso imparable de los años como excusa de su ignorancia, con aquello de "¡Usted ya tiene una edad!" y lo de "la mutación constante de los virus"…. Gratificante, ¿verdad?

Antes, circular por las carreteras era una delicia. Y ahora es una lucha constante para evitar ser sancionado a traición, y los pequeños placeres (los de siempre) son demonizados a golpe de ley. Mientras el Papa insiste en sus pláticas que hay que rezar mucho… ¿A lo mejor tiene razón? Aunque no todos hemos sido agraciados con el premio gordo de la fe.

Se ha dado los primeros pasos para manipular nuestra biología al margen de la naturaleza, alargando la esperanza de vida; la tecnología permite tener contacto con otros semejantes a miles de kilómetros en tiempo real; y las economías mundiales están interconectadas en todo instante. Pero el egoísmo insaciable, el afán de dominar la naturaleza, y los ataques constantes al medio ambiente, han dado paso al calentamiento global, la destrucción de la capa de ozono, el aumento del nivel de los mares, y los huracanes, incendios devastadores y sequías, son cada vez más frecuentes e imprevisibles.

Y aunque, en teoría, han acabado las guerras mundiales, siguen latiendo los grandes imperios económicos súper armados, en constante estado de alarma con la actualización de su enorme poder nuclear distribuido muy oculto, por todo el planeta. Hoy ya se declaran más de 15.000 ojivas nucleares activas en el mundo, pero... ¿De verdad son todas?

En el año 2014 se invirtieron 1,66 billones de dólares en armamento de todo tipo, que representan el 2,5 por ciento de PIB interno global. Del gasto militar global, EE.UU. desembolsó casi 7000 millones de dólares, es decir, cuatro de cada diez dólares del gasto en ejército y armamento en el mundo. Las consideraciones son alucinantes. Una inversión total en armamento de casi 300 dólares por persona, y, del otro lado, el 40 por ciento de la población mundial (unos 2.800 millones de seres). Sólo dos dólares por día.

Esta desproporción brutal, sobre la enorme cantidad de recursos armamentísticos, nos lleva dos conclusiones:

1. *Las enormes ganancias que obtienen las empresas multinacionales* dedicadas a la fabricación, investigación y logística de todo tipo de armas, cada vez más sofisticadas, masivas y mortíferas.
2. *La necesidad de provocar guerras periódicamente*, para amortizar, renovar y mantener el gran negocio de los gobiernos y sus poderosos *lobbies* armamentísticos.

Pero procurando que esas guerras estén controladas (aunque, muchas veces sean fracasos totales), y muy alejadas de sus centros de ocio, de sus campos de golf, de sus familias y de sus teóricos "principios democráticos". Lo importante es que duren mucho, que tengan un coste "razonable" en vidas humanas (incluidos los llamados cínicamente "efectos colaterales").

En términos de diversidad de conflictos en el planeta, nunca ha habido nada parecido desde la expansión de los mongoles (que albergaron una población de más de 100 millones de habitantes, incluyendo las naciones más avanzadas y pobladas de la época, como China, Irak, Arabia Saudí). Estamos, pues, ante una verdadera etapa de "desestabilización global del planeta". Dadas estas enormes contradicciones, asistimos, sin remedio, al nacimiento de una nueva era, política, ética, social y económica, donde los pueblos exigen más justicia, bienestar y libertades (cada uno a su manera), hartos de políticos corruptos, entidades financieras al servicio de las oligarquías, y ejércitos convertidos en mercenarios del poder económico, bajo el disfraz de patrias lejanas, y muchas banderas multicolores ondeando trágicamente a media asta.

Al mismo tiempo, los índices de ansiedad, violencia, depresiones y suicidios crecen sin parar, mientras la billonaria industria química y farmacéutica sigue embaucándonos para que "tomemos pastillas para todo", intentando en vano mitigar fugas disociativas, trastornos bipolares, mantras, sinestesias...

Al margen de estas consideraciones, la situación es peor en el llamado Tercer Mundo. Esta incomprensión hacia su injusta y cruel realidad, como tantas veces en la historia, ha empezado a tener su clímax y su máximo exponente, sobre todo entre los más jóvenes y los no tan jóvenes. Algo ha comenzado a cambiar con mucha fuerza. Lo vemos ya, claramente, en las revoluciones sociales de los países más pobres, que han soportado terribles dictaduras durante muchos años. La miseria, la sumisión, el insoportable inmovilismo de los opresores instalados en el poder y la falta de una mínima democracia han encendido la mecha en el Magreb y Oriente Próximo.

Y como lóbrego telón de fondo, las grandes potencias de siempre, espiándose a través de sus miles de satélites en el espacio, y vigilándonos a todos, minuto a minuto y paso a paso, como si fuésemos hormigas, estemos donde estemos. ("Geolocalizándonos", dicen eufemísticamente.)

Según los últimos datos de la NASA y de la *Online Satellite Calculations,* en la actualidad hay más de 4.700 SATÉLITES ARTIFICIALES EN PLENO FUNCIONAMIENTO. Al menos éstos son los declarados con fines climatológicos y de comunicaciones. Pero, ¿estamos seguros de que no hay muchos más, con otras intenciones?

Existían los elementos necesarios para el cambio de estas crueles dictaduras: corrupción total, desigualdad social, guerras, hambre y enfermedades, éxodos, millones de muertos anónimos. Sólo faltaba encender la mecha, y así ha sido.

La historia se ha puesto a galopar de forma alocada en África; en el mundo árabe. Esto es un hecho. Y, curiosamente, es también donde muchos científicos sitúan "el punto de origen" del ser humano en el África subsahariana. La teoría de que los inicios de *Homo sapiens* surgió del continente africano entre unos 140.000 y 200.000 años.

Lo que se ha dado en llamar la *teoría Out of Africa*, o Hipótesis de la Migración de África, basada en restos arqueológicos y referencias genéticas observadas en los humanos.

Aunque últimamente, el instituto Max Planck de antropología evolutiva, anunció una nueva datación de estos yacimientos que los retrasa hasta los 315.000 años, y además se encontraron restos del Homo sapiens a más de 5.000 kilómetros de distancia. ¿Fue en realidad esta zona del África oriental la única cuna de la humanidad?

Es otra incógnita que debemos añadir a la evolución en una doble dirección entre los chimpancés y bonobos, por un lado y los humanos por otro.

¿O pasó algo más en este inmenso periodo de tiempo?

Globalización
¿Sus ventajas?

A PARTIR DE los años ochenta, pasó algo que cambió un poco la tendencia de desigualdades desde la Segunda Guerra Mundial. Influyeron principalmente dos vicisitudes: las nuevas tecnologías de la *información ultrarrápida,* y la *globalización.*

Ambas hacen que la población de los países más pobres conozca al instante la riqueza y el despilfarro con que se vive en otros lugares del mundo (hoy toda la humanidad ya está *on-line,* a través de internet) y estos países pueden hacer comparaciones que los llevan a la desesperación y a un sentimiento total de injusticia, que está empezando a desembocar en un grado de revolución social, de forma violenta y sangrienta.

En lógica consecuencia, sólo hace pocos años, la "primavera árabe" hace referencia a una serie de alzamientos populares en los países árabes acontecidos desde 2010 hasta la actualidad, y la "primavera árabe" se convirtió en un "infierno árabe".

Se han globalizado al límite la información ultrarrápida y las corrientes financieras, pero no los derechos universales de la gente, ni el desarrollo, ni el bienestar, y esto ha provocado ríos de sangre en los países más desagraciados, que aún persiste con fuerza en la actualidad.

Los resultados son esta quiebra moral que nos invade, y que no ha sido cuestionada de verdad, más allá de palabras grandilocuentes, discursos, perífrasis, y declaraciones de intenciones, en los grandes foros políticos, sean del color y del credo que sean, donde unos pocos tienen en sus manos el verdadero poder (económico, evidentemente), disfrazado de todos los ideales, patrias, banderas, pactos y promesas, que se quieran emplear.

Son los de los coches negros blindados y los guardaespaldas, "los de los acuerdos". Algunos ya los conocemos y los sufrimos, pero otros muchos no (están "clasificados", o algo por el estilo). ¿Por qué, por quién y para qué? Seguro que existen numerosas organizaciones secretas, lideres, prohombres en la sombra, pactos inconfesables, intereses espurios, que sólo unos pocos conocen...

Esta manera de actuar es la antítesis del pensamiento que nos regaló un gran estadista y premio Nobel, y que os brindo a continuación, a modo de una reflexión más:

> *Un político ha de ser capaz de predecir lo que va a pasar mañana,*
> *el mes próximo y el año próximo.*
> *¡Y explicar después por qué no ocurrió lo que predijo!*
> WINSTON CHURCHILL

¿No nos suena esta afirmación a ciencia ficción, en el panorama actual?

Reflexión
Los barrios
Patrias, fronteras, y otras entelequias…

En los tiempos actuales, nadie duda que nos ha tocado vivir una etapa de la historia de la humanidad en la que las patrias son cada vez más sucedáneas, y las fronteras más peligrosas, imprecisas y difíciles de limitar. Nos llamamos europeos, pero poca gente conocerá los límites geográficos, y las diversas costumbres y hábitos, de este súper concepto plurisocial en que se hablan muchas lenguas, donde pocos se entienden de verdad, a pesar de los traductores simultáneos, como en una moderna torre de Babel levantada orgullosamente, con muchas banderas, acero y cristal blindado en vez de adobe.

La famosa duda cartesiana "pienso luego existo", se ha convertido en un "voto luego existo", y las leyes universales de siempre, ahora nos dictan normas sobre la disciplina, la ética, e incluso la estética de nuestros comportamientos. Pagamos numerosos impuestos (directos e indirectos) con una nueva moneda, inflacionista desde su origen, aunque muchos seguirán añorando durante años los ojos melancólicos de aquella mujer morena, pintada por Romero de Torres, que ilustraban los codiciados billetes de mil pesetas.

Dentro de este panorama, un tanto nostálgico, pocas voces defienden aún el concepto de "barrio". Las enciclopedias lo definen como "entidad sociológica e inmaterial que hace referencia a un grupo social", o como "el marco físico soporte de una comunidad suburbana dentro de una ciudad".

Es necesario extendernos un poco más sobre la pluralidad que encierra este concepto, y su gran dimensión sociológica a través de los tiempos.

En todas las ciudades existen múltiples acepciones al respecto: hay barrios de negocios, barrios dormitorios, barrios residenciales, barrios chinos, barrios góticos... e incluso en el lenguaje popular, el hecho de acabar con las servidumbres de este valle de lágrimas se define como "irse al otro barrio".

Muchos barrios tienen un gran contenido antropológico fundado en su código propio de fiestas, celebraciones, ritos e identidades, propiciando un sentimiento que no se consigue en las grandes urbes. La pertenencia a un barrio es tan fuerte, que resulta habitual oír la expresión: *ser de...* en vez de *vivir en....* Para muchos de los que habitan estos vecindarios, se trata de una auténtica "patria chica", por encima de banderas, partidos políticos o entidades supranacionales.

Pero, en los esquemas de su convivencia de los últimos años, han aparecido unos cambios importantes, como la llamada "globalización" que, aparte de sus teóricas ventajas a nivel de la economía mundial, han incidido en la pérdida de cohesión e identidad de sus ciudadanías. Paralelamente, no podemos olvidar otros subproductos como la segregación socioterritorial, la marginación de núcleos subdesarrollados, el culto a todo lo moderno, la eclosión de grandes centros comerciales impersonales y la división de clases frente al lujurioso escaparate de un consumismo, enardecido y manipulado vorazmente por el *sistema,* los bancos y las grandes empresas.

Una cuestión, cada vez más de actualidad, es la que abunda sobre el fenómeno de la *inmigración.* Emigran los más jóvenes, con su lógica cuota de independencia e ilusión en el futuro, para mejorar, sean del color y del credo que sean, y entonces puede aparecer la xenofobia frente a lo otro, lo desconocido y, posteriormente, el racismo, tan antiguo como la humanidad. (siempre se teme lo que no se conoce).

Basta un repaso somero de la historia para comprobar las innumerables guerras, cruzadas, y atrocidades étnicas de todo tipo, que han existido para defender los individualismos bajo una bandera, un pedazo de tierra, una raza, una creencia religiosa, o una ideología política concreta.

Otro aspecto destacable es sin duda la intrusión, feroz e implacable, de las poderosas multinacionales.

Actualmente el comercio mundial (más del 50 por ciento) y las inversiones de capital (más de 75 por ciento) están en manos de EE.UU., Japón y la UE. Se trata de una auténtica oligarquía en la producción de bienes y servicios muy concentradas, mayores que muchos estados, e imposibles de controlar. La mayoría de ellas, con apellidos interrelacionados con el complejo y sórdido mundo de los políticos y de los gobernantes de turno, lo cual hace muy difícil el control de su enorme cuota de poder, y la lucha por los derechos fundamentales de los individuos, cada vez más relegados.

Volviendo al inicio de estos pensamientos, hemos de reivindicar, una vez más, el concepto de barrio, como la unidad sencilla pero indestructible, que congrega a las gentes frente las adversidades, la crisis (o como quieran llamarla), y que se recrea todavía, en un encomiable esfuerzo tradicional, para expresar sus auténticas alegrías. Es un clamor sencillo, que sale de muy adentro, como el chorro de agua que mana de las pocas fuentes públicas que resisten como monolitos del pasado en las aceras, o los plataneros a los que se arriman los perritos para hacer pis, temerosos del terrorismo acústico en las grandes ciudades (que nadie controla).

Ahora nos preocupa poder aparcar el coche sin que desaparezca por la voracidad recaudadora del sistema, en cualquier lugar mal señalizado a propósito. Poder beber algo sin tener que soplar ante un personaje desconocido, con cara de pocos amigos, porra y pistola (que pagamos nosotros), y que nos confisca algo tan intrínseco como es nuestro propio aliento. Poder fumar tranquilamente, sin ser criminalizado y recluido en un zulo pequeño y mal iluminado como enfermos viciosos y apestosos. Y rogarle a una entidad financiera que me devuelvan algo de mi dinero (que ya les he confiado antes), y tener que darles las gracias por la horrible vajilla de loza que me ofrecen si les deposito algo más de mis sufridos ahorros.

Algo fundamental ha cambiado. ¡No me convence en absoluto!

De momento lo comentaré con José, el dueño del bar de la esquina de mi barrio, y le pediré un octavillo de tortilla de patatas y un café, mientras me fumo un habano en su amplia terraza.

Y, a lo mejor, también le pido una docena de empanadillas (para llevar) con huevo duro y atún, aunque tengan algo del dichoso colesterol. Otro descubrimiento de la medicina que también pretende amargarme la vida.

Mientras lo hago, resuelvo el crucigrama del periódico del día, sonrío a una vecina que viene muy cargada del súper, y reflexiono un poco:

Si quieres descubrir la verdadera situación de un país, sal a la calle, muévete por los barrios, conoce a la gente que vive allí, siéntate en sus bares, habla con ellos… ¡Y seguro que aprenderás muchas cosas!

Relato
El móvil de Ernesto
Su "cambio total"

Los móviles acercan a los que están lejo.
Pero elejan a los que están cerca.

COTI

DE ENTRADA, ES de justicia ensalzar las enormes ventajas de estos intercomunicadores. Es indudable que se trata de la innovación tecnológica que más ha revolucionado nuestra moderna civilización. Su implantación ha sido tan importante que muchos sociólogos califican ya a esta generación como "la generación del móvil". Es cierto que el móvil ha representado una facilidad enorme para hacer válido aquel viejo refrán de "hablando se entiende la gente" (aunque a veces ocurra todo lo contrario), pero lo importante no sólo es hablar, sino saber transferir correctamente conocimientos, opiniones, sentimientos e ideas.

La utilización del móvil aparece, a menudo, acompañada de urgencias, frases y pensamientos inacabados, desde lugares y situaciones que no reúnen las condiciones idóneas de serenidad para poder expresarnos. Es habitual que su utilización acabe con alguna frase como esta: "Bueno, te cuelgo, ya hablaremos con más tranquilidad cuando nos veamos".

En este orden de ideas, en los últimos tiempos se ha llegado hasta el punto de crear un lenguaje sintético. Así, por ejemplo, es normal que se utilicen expresiones como éstas: para decir "llámame por favor", "lla x fa", o "+ tde". No se trata de ahorrarse palabras y suprimir vocales y consonantes a gusto del consumidor, sino también añadir pequeños dibujos (*emoticones*) referentes al mensaje, como si volviésemos a la utilización primitiva de algún lenguaje cuneiforme parecido al de los sumerios.

La genuina historia de Ernesto es ésta:

Mi amigo tenía fama (merecida) de haber llevado una vida de órdago. De profesión financiero, con recursos más que sobrados, simpático, atractivo y atlético, había llevado una vida "de puta madre" (según su expresión preferida), y disfrutado más de una docena de complacientes novias. Al llegar a los treinta y cinco años le ocurrió eso tan misterioso (a veces peligroso) que se llama "enamorarse", y decidió casarse. Ser otro hombre, "sentar la cabeza" y formar un hogar. O sea... ¡cambiar de vida!

Asistí a la boda que fue todo un acontecimiento, y no volví a verle hasta pasado un año, en un bar de las Ramblas. Parecía algo preocupado y no reflejaba la vitalidad y alegría de los tiempos pasados.

Mientras tomábamos unos cafés, le hice la socorrida pregunta:

—¿Qué?... ¿Cómo te va la vida de casado?

Su respuesta fue rápida y contundente, denotando ya una clara preocupación y desencanto:

—Bastante bien... Hasta que volvimos del viaje de novios.

Me lo temía, pero inquirí, fingiendo un gran interés.

—Vaya, hombre. ¿Y qué pasó?

Y empezó su exposición, con un tono de profundo cansancio, que me reveló que no era la primera vez que se intentaba desahogar.

—Lo primero que Judit, mi mujer, me regaló fue un teléfono móvil (tú sabes que los odio y nunca los necesité). Para que así estuviésemos... ¡siempre en contacto!

"Y ahí empezó mi infierno. Me llama cada diez minutos, me pregunta cómo estoy, dónde estoy, a qué hora llegaré, y no puedo más... ¡Creo que su patología de celos ha encontrado la herramienta más acertada para desarrollarse y, de paso, afligirme la vida hasta unos límites increíbles que ya no soporto!

Intenté tranquilizarle un poco, aunque ya intuía el tema como algo grave y delicado:

—Bueno, bueno... Pues si te agobia tanto, desconecta el móvil y en paz.

Su rostro adquirió un tinte aún más patético y desesperado:

—Lo he intentado; pero es peor, mucho peor. Entonces sus dudas llegan al paroxismo: ¿Dónde has estado? ¿Por qué has desconectado el móvil? ¿Hay alguien más contigo?

—Piensa que una mañana en la que me quede sin la dichosa batería durante cinco horas, llegó a presentarse en mi despacho indagando mi paradero. ¡Recorrió hasta tres bares habituales donde suelo desayunar, preguntando por mí, y tuvo la osadía de llamar al 091, dando mis datos, por si me había ocurrido algo grave! ¡Qué vergüenza!

En aquel momento, y ante la vehemencia de su exposición no supe qué contestarle, mientras me invadía la pena hacia mi desolado amigo. Pensé en otro recurso fácil que me permitía ganar algo de tiempo, mientras preparaba mi siguiente intervención:

—Hombre, pues habla con ella. Explícaselo. Intenta que te comprenda. Judit es lista y tolerante...

La respuesta fue fulminante. Seguramente le había aburrido un poco mi sugerencia, que ya habría intentado con otros hasta la saciedad:

—No puedo, te lo juro. ¡El móvil es mucho más fuerte que yo! Lo que pasa es que cuando yo le digo…

Ernesto parecía que iba a seguir analizando su problema en busca de mi ayuda, pero, de repente, sonó una música horrible y estridente, como de película del Oeste cuando avanza el séptimo de caballería, y su cuerpo pareció vibrar al unísono con ella. Puso una cara de infinita resignación y descolgó con rapidez su móvil de última generación repleto de múltiples aplicaciones, que jamás logró (ni tampoco pretendió) entender.

—Dime, querida… Dime. Estoy aquí, en un bar de las Ramblas, tomando un café con Carlos… Te acuerdas de él, ¿verdad? Sí, sí… ¡Sólo con Carlos! No te preocupes: a las dos en punto estaré en casa.

Miré mi reloj aparentando recordar una visita urgente y me escapé como pude. Al alejarme sentía una auténtica lástima cuando me alejaba para despedirle con un gesto indefinido. Pero mi amigo continuaba con su oreja pegada al móvil, como si fuese un apéndice más de su anatomía, cubriéndolo con la otra mano. Supongo que sería para que se entendiesen mejor sus reiteradas protestas de amor y fidelidad sin tacha.

Mientras Ernesto no dejaba de gesticular su mano izquierda, con la habilidad de un manco, sacó del bolsillo una tarjeta de visita y me dijo de forma atropellada:

—Otro día hablaremos con más calma. Un abrazo.

De todo aquello ha pasado bastante tiempo. No sé con exactitud cuánto, pero el otro día se me ocurrió ordenar mi tarjetero --suelo hacerlo dos o tres veces al año-- y entre las tarjetas apareció la de Ernesto. Era la típica tarjeta de diseño, con una franja lateral de color verde, y unas siglas en inglés (esto siempre viste mucho), debajo de las cuales se leía de forma muy escueta "Asesores". Más abajo, la dirección de la empresa, teléfono y fax, y el número del móvil de la discordia.

Puede que fuera sólo la curiosidad de conocer cómo iba "aquel asunto", lo que me llevó a llamar a la empresa preguntando por él al día siguiente. La recepcionista me contestó, un tanto circunspecta:

—Lo siento, señor. Pero ya no está con nosotros. No sabemos nada de él… Creo que ha "cambiado mucho", o eso es lo que nos ha dicho…

Mi pensamiento fue breve, aunque mi cerebro ya estaba ocupado imaginándose muchas cosas: Al menos se ha librado de la tortura del móvil. Seguro que ya no lo necesita tanto. Me reí un poco por lo bajo, e intuí que el agradable café del mediodía se lo tomaría ahora en el despacho con su siempre mosqueada y celosa mujercita.

Tuve la tentación de marcar su número, aunque pensé que estaría comunicando, pero decidí hacerlo. Esperaba sentir la voz atiplada de la operadora, cuando me sorprendió oír la de Ernesto. Sobre todo, el tono neutro, raro y lejano, transmitiendo su mensaje:

—¡Hola! Has marcado el número correcto. Soy Ernesto. Si es un tema profesional llama a mi antiguo despacho. Si es un tema personal bórralo de tu agenda. Por fin he traspasado la barrera de la paz. Veo una nueva luz de la vida, y ahora estoy muy tranquilo… ¡He cambiado!

Después de oír el curioso mensaje, el asunto me pareció lo suficiente morboso como para interesarme más por el tema. Cuando llamé a su casa, me encontré a su mujer destrozada… Ernesto había desaparecido sin dejar ningún rastro. Se había hecho todo lo posible buscándole en los hospitales, con la policía, entre sus contactos, sin resultados.

Entre sollozos, Judit, me comentó que no sabía que más hacer. Insistió en que ellos eran una pareja muy feliz, unidos, y que no había ningún problema. "¿Por qué no ha dado señales de vida, ni siquiera a mí, que siempre he estado a su lado? Además... —añadió con gran dulzura—. ¡Fíjate que a todas horas estábamos en contacto por el móvil!"

"Qué sarcasmo", pensé. "No creo que esté muerto, ni secuestrado, ni nada por el estilo". Me inclino más por una versión que calificaría como: "persona razonablemente desaparecida".

De momento, todo sigue igual. Sin Ernesto, y con su móvil, como un tótem expectante, conectado a lo desconocido.

Su mujer dice que, quizás algún día se reciba un mensaje revelador de él mismo, desde la nueva luz de la vida que dice ver, o desde no sé dónde... ¡Pobre Judit!

No lo creo probable.

Me lo imagino en algún país de Sudamérica, asesorando las finanzas del dictador de turno en sus tareas de corrupción habituales, y pasando los fines de semana en una playa paradisíaca, muy bien acompañado.

Y... sin móvil, por supuesto.

El extraño pasajero
Algo ha cambiado dentro de mi...

> *No tengo ningún talento especial.*
> *Yo sólo soy apasionadamente curioso.*
> ALBERT EINSTEIN

EL TREN DE cercanías estaba lleno de gente joven, alegre, con tejanos, minifaldas y alguna guitarra. Seguramente iban a alguna verbena. De pronto las vías se cruzaron como espigas azotadas por un viento de muerte. Sentí como mi nuca se rompía y mis piernas se alargaban en un gesto imposible. De mi boca brotó una saliva espesa de varios colores, un rugido sin fuerza y, enseguida, el silencio de la impotencia.

En aquel momento noté el aroma de otras vidas, y mi estómago se llenó de secretos guardados. Estaba en el útero de mi madre, nadando feliz e ilusionado. Quise salir y dibujar un trozo del arco iris, pero me faltaba un dedo, o eso me pareció.

Me encontraba entre un amasijo de hierros retorcidos cuando intenté mirar a los ojos de los que me rodeaban. Algunos estaban llenos y otros no. No sé si lloraban o rezaban porque las dos cosas se parecen. Sólo oía lamentos.

Enseguida el silencio se rompió por una algarabía de sirenas y luces de colores. Todo estaba lleno de globos azules y naranjas girando sin parar. Eran ambulancias. Un hombre con barba y traje amarillo paso corriendo junto a mí. Mi miró de reojo y se alejó con un maletín en la mano. Sólo buscaba a los vivos.

Y, de pronto, vi a los de mi clan. Los de antes. Quietos, sonrientes, mirándome como si fuesen a fotografiarme. Detrás de ellos, resplandecía una luz blanca y cegadora. Fue cuando me acorde de tu culo estrecho, de tu andar menudo, de tu vientre, de la fragancia de tu sexo, y sentí, a la vez, un olor de cuna meada y de ropa manchada de semen. ¿O quizás era de sangre? No lo sé… porque todo esto huele muy raro.

Luego todo se volvió oscuro. Seguramente entonces empecé a morir y quise desvelar el origen y la verdad de todas las cosas. Era lo que había esperado. Empezaba a descender y recorrer el túnel que había imaginado tantas veces.

Aunque algo no encajaba del todo. De pronto, una figura de los de mi clan se acercó despacio hacia mí y me habló:

—Hoy no vas a irte. Ya te avisaré…

Vestía de blanco. Era alto, delgado, y no supe ver si flotaba o se apoyaba sobre algo trasparente e indefinido:

Continuó hablándome con seguridad:

—Recuerda lo que ha pasado. Busca tu verdad.

SOLO ESTUVE DOS semanas en el hospital. Me recuperé bastante rápido, mejor de lo que pensaba.

Al llegar a mi casa una de las primeras cosas que hice por la noche fue encender el ordenador. Estaba cansado, pero me despejé de golpe al abrir un mensaje antiguo. Allí estaba, rotundo y desconcertante, el relato de todo lo que había sucedido aquella tarde de dolor y desesperación. Lo leí tres veces y el resultado fue el mismo. Reconocí mi estilo, pero algo de la narración de aquel accidente me era totalmente desconocida. No recordaba haberlo escrito yo en ningún momento.

Me sentí un tanto sorprendido, pero no asustado. A pesar de su dramatismo, tenía un trasfondo que me gustaba, que me hacía sentirlo como propio, como si hubiese sido un espectador próximo, dolido pero complacido. Decidí guardarlo en la memoria del ordenador, e incluso hice una copia de seguridad. No quería perderlo.

A las doce, más tranquilo, decido acostarme, tomar mi medicación habitual y apagar las luces, dejando sólo encendida una pequeña lamparita de cuarzo que le confiere un aspecto áurico que me encanta.

No soy un fanático de los sucesos relacionados con el "más allá", aunque, lo reconozco, algunas pocas veces éstos se empeñan en venir a saludarme, y no me importa. Por eso, entre la luz azulada de mi despacho, el silencio de la noche, y, quizás, el efecto secundario de algún medicamento para calmar el dolor, la figura del "amigo vestido de blanco" que surgió de los de mi clan, acarició mis sentidos.

Y volvió la voz..

—Volveremos a vernos…

Me costó describir la contradicción de mis emociones, pero mi imaginación voló sin descanso antes de dormirme. Pensé que quizás un extraño baile de mis neuronas, alteradas ante tantos sucesos, me hizo acariciar el teclado y, luego, olvidarme para siempre. ¿Quizás el "amigo blanco" era mi padre con su bata de doctor?, y reemplacé mi deseo de un ser necesitado por el de un ser querido.

No lo sé, y tampoco quiero planteármelo demasiado. Porque hay tantas cosas que pueden pasar…

Los científicos aseguran que un día no muy lejano los componentes de estas maravillas electrónicas serán de material biológico, estarán conectados a nuestro propio cerebro, tomaran decisiones por nosotros, y se regeneraran a sí mismos. Incluso, ya se está experimentando con imágenes y sonidos remotos, como las psicofonías, grabaciones sin origen ni edad conocidas. Es posible, aunque mi ordenador es muy sencillo y cuando me equivoco no siempre me avisa. Pero después de lo sucedido, no pienso cambiarlo por nada en el mundo.

Incluso hoy, cuando alguien me habla de un desastre como aquel, relatado con dolor y víctimas, siempre les pregunto si saben algo de un hombre alto, vestido de blanco, que sobrevivió del accidente milagrosamente si daños aparentes, al que sólo vi unos instantes.

Hasta ahora nadie sabe ni recuerda nada. Mientras yo sonrío por lo bajo y brindo por mis amigos que no entienden mi pregunta.

Pero siento que mi agnosticismo recurrente anda un poco revuelto, y me pregunto:

¿Algo ha cambiado dentro de mí?

Relato
El poder de la mente
Dioses, misterios y psicofonías

Sólo le pido a Dios que tenga piedad con el alma de este ateo.
MIGUEL DE UNAMUNO

SIEMPRE HE SIDO considerado con las creencias honestas, y entiendo el prodigio de la fe como una opción legítima y, sobre todo, muy personal. Para mí, la fe es la creencia sin necesidad de justificación racional, y no forma parte de mis esquemas mentales, pero sí creo en el "poder de la mente", sólo y cuando los más de cien millones de neuronas de nuestra masa cerebral sigan bailando su danza compleja, y reproduciéndose (cada vez menos con el paso del tiempo) hasta silenciarse definitivamente.

Esta postura me ha llevado a controversias con otras personas sobre aquel principio que establece que "la energía ni se crea ni se destruye; se transforma", y el hecho de que, en consecuencia, la energía de la mente debe perdurar de una manera u otra, después de la muerte física del individuo.

Reconozco que el argumento es atractivo, pero siempre he tenido muchas dudas al escuchar esta teoría. Estamos rodeados de millones de emisores dentro de esquemas energéticos organizados, pero, en cuanto el esquema se altera o desaparece físicamente, desaparece su energía. El Stradivarius más perfecto reducido a astillas, no sería más que un montón de madera incapaz de producir sus maravillosas notas.

Pero algo históricamente irrefutable, es que el hombre se ha amparado siempre en las "divinidades" de turno de cada época desde hace miles de años, buscando alguna justificación viable para su supervivencia después de la muerte; una quimera que no sea muy complicada y poder dormir más tranquilos. Un dios que dirija, ame y programe la vida de la tribu, de la humanidad, y que sea, además, el origen del mundo ¡Casi nada! Aunque, en definitiva, ¿no es eso lo que siempre ha intentado encontrar el hombre?

Los dioses del panteón griego tenían formas humanas, y requerían el cruel ritual de los sacrificios sangrientos. Hoy, los dioses del Olimpo, con Zeus a la cabeza, son poco más que una atracción turística que rinde pingües beneficios.

Del antiguo Egipto sólo subsisten monumentos, papiros o inscripciones alusivos a alguno de sus credos religiosos. Las estatuas, las columnas, los sepulcros son para el hombre de hoy algo lejano que nada tiene que ver con la teología, y no le produce ni emoción ni duda metafísica alguna. Sólo enriquecen con sus imágenes los folletos de las agencias de viajes.

En la avanzada civilización romana, nos encontramos con un panorama quizás más alucinante. Con Augusto y el inicio de la época imperial, surgen los cultos públicos y privados. La lista de dioses era interminable. Para cada cosa, fenómeno, tradición o incluso familia existía un dios: Júpiter, Juno, Minerva, Apolo, Diana, Marte, Venus, Neptuno, eran algunos de los dioses del panteón romano.

De entre esta complicada amalgama de divinidades, los romanos prohibieron el culto a tres de ellas: a Baco, por sus ritos peligrosos para el Estado; a los judíos por negar el homenaje al emperador, y a los cristianos porque sus seguidores alteraban el orden público, y afirmaban que su dios era nada menos que el único.

Hagamos un pequeño ejercicio de imaginación y supongamos que un hipotético arqueólogo realiza en un país católico, budista o islámico (es igual) unas excavaciones dentro de cinco mil años. ¿Tendría la misma sensación ante nuestras reliquias que los hombres de hoy en día sentimos frente la tumba del jovencito faraón Tutankamón, asesinado hace unos tres mil años?

Después de esta breve síntesis histórica sobre "lo divino y lo humano", entremos en el relato…

Hace unos días me crucé con un amigo y no dudé en abordarlo. Sinesio era físico, y, entre otras cosas, miembro de diferentes entidades científicas. Había intervenido en muchos congresos de parapsicología internacional, gran estudioso de los fenómenos de transcomunicación, especializado en psicofonías y autor de numerosos libros y artículos sobre este tema.

Hechas las primeras manifestaciones de simpatía y admiración, entré en materia, declarándole mi interés por conocer su opinión sobre una cosa muy curiosa que me había sucedido una noche, hace bastantes años.

Le invité a cenar. Escogí un restaurante del Eixample, y ocupamos una pequeña mesa reservada, de manera excepcional tras un biombo de ramaje, para unos pocos fumadores amigos, donde poder hablar sin prisas y mezclar el aroma de mi habano con el de su inseparable pipa (tras la implantación de la radical y furibunda normativa de aislar a los fumadores del resto de los mortales).

De entrada, me hizo una introducción histórica, un breve resumen, dijo, de lo que él consideraba necesario apuntar:

—A mediados del siglo XIX, surge en Nueva York la corriente del espiritismo moderno, que recorrió los salones de América y Europa. Fue una auténtica revolución social que, en muchos casos, degeneró en juegos de salón. Entonces Thomas Alva Edison desarrolló un aparato que pensó le serviría para comunicarse con los fallecidos.

"Hay que reconocer que aquello marca un primer intento para aceptar la posibilidad de comunicarse con los muertos, aunque los inicios más revolucionarios provienen de la electrónica. En junio de 1959, el cineasta Jürgenson quiso grabar, para una película, el sonido de los pájaros en su medio ambiente. Lo hizo en un bosque de Suecia, y al reproducir la cinta, oyó voces humanas inexplicables... El fenómeno se repitió con más nitidez. Incluso aseguró que en una de sus cintas distinguió con claridad, entre las de "ellos", la voz de su madre fallecida.

"Yo tengo un buen número de ellas. Te invito a escucharlas esta noche en mi laboratorio. Está muy cerca de aquí...

—Vale, Sinesio. Muchas gracias... mejor otro día. Pero dime, en tu opinión, ¿qué crees tú que son "ellos"?

—Aquí hay un problema semántico. "Ellos son algo". Esas voces vienen sin duda de algún sitio y podríamos hablar, si lo prefieres, de energía inteligente que se manifiesta de esa forma. Lo que sí se sabe con certeza es que no son ondas de radio, ni conversaciones de gente que pueda estar por allí cerca, y la técnica nos ha ayudado mucho en la decodificación de estas voces. Las psicofonías suelen obtenerse con elementos sofisticados, pero lo más importante es la labor de recopilación y su análisis, ¿entiendes?

—Claro. Lo entiendo, aunque... ¿Me permites otra pregunta? Dando por sentado que no es un fraude, que no son ondas espurias, y que se han tomado muchas precauciones para evitar cualquier interferencia... ¿Quién o quiénes provocan este fenómeno?

—Por mi experiencia, te contestaré que a estas alturas existen unos hechos que creo son irrefutables. Por ahora, es lo único que puedo afirmar. Es mi interpretación. Te lo resumo en cuatro puntos: primero, este fenómeno existe; segundo, contactamos con una inteligencia de la que no conocemos su procedencia; tercero, esta inteligencia se encuentra en un plano sin soporte físico, pero maneja algún tipo de energía; y cuarto, precisa del soporte adecuado para poder manifestarse.

—Bueno... Es una postura prudente, no cabe duda, pero... ¿Por qué dices que son inteligentes?

—Porque no utilizan expresiones aisladas e inconexas, sino que se refieren a algo real que sucede o que ha sucedido, aunque haya pasado mucho tiempo. Reconocen a su interlocutor y hacen preguntas, afirmaciones o advertencias, incluso muchas veces aparecen voces interrelacionadas. Ahora —añadió—, voy a decirte una cosa que posiblemente te hará sonreír, pero la verdad es que, de los miles y miles de psicofonías que se han registrado con garantías de autenticidad, un enorme porcentaje se han conseguido en lugares donde se han producido muertes imprevistas, actos violentos o calamidades.

—Lo creo, lo creo... Sólo te hago otra pregunta, y perdona si te parece demasiado escéptica, y un poco brusca: ¿Para qué diantre sirven las psicofonías?

—A eso puedo darte una respuesta muy simple: para indicamos que quizás no estamos tan solos como creemos, que existen otras realidades y otros estados de supervivencia paralelos.

Mi amigo llevaba la conversación con la probidad del científico que investiga, pero que también duda; era la postura que yo consideraba más correcta, tratándose de un tema como éste. Aquello me animó a seguir preguntando, y profundizar un poco más en mis "dudas razonables":

—¿No crees que estas energías puedan estar dentro de nosotros, y que interfiramos mentalmente en la captación de sonidos? Es decir, que... ¡nosotros mismos provocamos el fenómeno!

—No lo creo. Se está investigando mucho sobre las *psicoquinesias* espontáneas, y hay algunas teorías al respecto, pero yo también tengo dudas. Por lo que he podido comprobar, en las cintas se relatan cosas que el teórico inductor desconoce. En ocasiones, las voces responden preguntas sobre terceras personas ajenas a ellas mismas, o, como en otros casos, hay un diálogo entre dos, tres o más; a veces también cantan o discuten.

Debía haber transcurrido más de media hora desde que iniciáramos la cena; estábamos ya en pleno deleite de nuestros vicios de sobremesa, y pensé que había llegado el momento de agradecerle que hubiese aceptado mi invitación, y despedirnos, a mi pesar, sin comentarle mi experiencia. Pero él, como excelente conversador y *gourmet*, pidió más café, mezcló el humo de la pipa con su aliento, observó cómo aquella especie de ectoplasma se disipaba lentamente hacia las alturas y se dirigió a mí, sonriéndome, con picardía:

—No creas que vas a escaparte ¡Yo ya he trabajado bastante! Ahora te toca a ti: ¿Qué es esta "cosa curiosa" que dices te sucedió?

Inicie mi personal narración:

—Verás, después de todo lo que he oído, mi experiencia me parece un poco infantil, por llamarla de alguna manera. Sucedió después de la muerte de mi padre y fue así:

"A los tres días de haber enterrado a mi padre, fui a su casa; era tarde y mi madre, agotada por el dolor, se había retirado a descansar. De manera inconsciente entré en su despacho, encendí la pequeña luz de la mesa de lectura, y me senté en su butaca de piel, quizás con el ánimo de revivir con nostalgia su presencia en aquel santuario de su profesión. Estaba algo cansado y me quedé dormido.

"Al rato me desperté al sentir su voz inconfundible, sin matices raros, ni ecos, ni nada por el estilo, que me decía: *Tato, Tato... ¿Cómo estás?* (sólo mi padre tenía la costumbre de llamarme así hasta los ocho años).

Me encontré algo raro, pero muy sereno y feliz. No sentí desconfianza alguna, y tampoco me asombré por mi respuesta, natural y espontanea: *Bien, bien… ¿Y tú?*. Y al instante, y por una sola vez, la misma voz me contestó con claridad: *Tranquilo*.

Apagué la luz y aguardé unos momentos en la oscuridad. No escuché nada más, pero, he de reconocer que lo acaecido me desconcertó bastante. Luego, el silencio de la noche lo envolvía todo y flotaba un ligero aroma a ropa blanca, colonia de bebé y cuero antiguo, imposible de transcribir. Es mi recuerdo del olor, algo muy especial que aún resucito de tarde en tarde.

—Bien, mi paciente y docto amigo: ¿me darás tu opinión?

—Sí, claro, aunque con algunas reservas, porque no tengo elementos tan concretos como cuando analizo mis psicofonías en el laboratorio. Éstas se consiguen dentro de la cámara de vacío y la caja Faraday, es un proceso lento y delicado. Pero, por lo poco que me has contado caben dos interpretaciones…

"La primera apunta al clásico fenómeno de psicoquinesia espontánea. En estos casos suelen apreciarse estados de conciencia alterados, aún que el individuo no los perciba. Es cuando se remueven escenarios cercanos a hechos dolorosos que sacuden vivencias. El gran deseo de comunicarse con el fallecido hace que "uno acabe por escucharse a sí mismo". Hay varias teorías al respecto, pero parece ser que entre los que perciben estas manifestaciones se encuentran muchas personas, te ruego que me perdones, que arrastran algún historial clínico de estrés, de neurastenia, o de problemas en la infancia.

Intenté poner cara de póquer (lo de la neurastenia no me había gustado nada). Tendría que pensar sobre sus últimas palabras, pero no se trataba de convertir la cena en una sesión de psicoanálisis.

Le pregunté con voz impersonal:

—¿Y la segunda interpretación?

—Voy a resumírtela, rogándote que sigas haciendo un uso correcto de tu condición de agnóstico, que tanto valoro.

"En pocas palabras; lograste comunicar con tu padre en su primer estadio del más allá, cuando aún no estaba alejado del todo de su vida terrenal. Para entenderlo tendrías que admitir que existe *algo* que perdura después de la muerte física, a través de la "transición" hacia su destino cósmico. Según esta teoría tu padre murió tranquilo, sereno, aceptando el fin, y satisfecho de su labor humanitaria y vocacional. Por eso su voz era agradable, y su mensaje de amor y tranquilidad.

Comprendí que aquella reunión había llegado a su fin. Sinesio había mirado con discreción su reloj varias veces y mí habano estaba casi extinguido. Volví a agradecerle su compañía y erudición y, haciendo uso de nuestra confianza, le dije:

—Mi querido amigo, como supongo que estás muy ocupado, y es un poco tarde, ya te libero de mis *rollos*. Ha sido muy interesante. Yo me quedo un rato, te llamo y quedamos otro día... Gracias por todo.

Le abracé y le acompañé hasta la puerta acristalada del restaurante, llamando al camarero para abonar la cuenta. Cuando éste volvió con la factura y el datafono, se dirigió de forma inopinada hacia mí, preguntándome:

—Perdone: El señor que estaba con usted es el profesor Darnell, ¿verdad?

Un poco sorprendido respondí:

—Sí, ¿Por qué? ¿Le conoce?

Titubeó un poco al responder, mientras hacía un gesto que tanto podía ser de admiración como de interrogación:

—Conocerlo, conocerlo... no. Pero sé que vive por el barrio. Cuando algunas noches cierro el local, le veo paseando por la calle. Lleva puestos unos auriculares, y se para, muchas veces, para mirar fijamente las estrellas. En fin, perdóneme otra vez, parece una buena persona, y... "cada uno es como es".

—Pulsé mi número de la tarjeta, añadí la propina, me levanté y despedí.

En la calle hacía frio. Ajusté un poco mí bufanda, y me detuve para mirar fijamente un rato el parpadear de las estrellas, mientras caminaba por la calle hacia mi casa. Volví a encender la colilla de mi habano, que se había apagado por culpa de un viento levantado de repente, y seguí adelante concentrado en mis pensamientos. No tenía prisa, aunque quizás llegaría a tiempo de escuchar otro capítulo de alguna grotesca disputa de celos de los vecinos del piso de arriba, y pensé "¿qué puede haber en común entre aquellas repetitivas miserias humanas, y los esfuerzos de mi amigo por escuchar las 'voces del más allá'?"

Una vez reconquistado el silencio acogedor de mi casa, subí la calefacción y me acomodé en mi butacón para ojear la prensa, omitiendo, por supuesto, las estupideces sobre la crónica del corazón, y los beneficios de los bancos (dos cosas que me aburren y me incomodan, respectivamente).

Llevado por un impulso obligado de la vida moderna, ajusté el móvil para ver si había algún mensaje en ese enigmático artilugio llamado buzón de voz. Un timbre impersonal y metálico me avisa que hay un mensaje. Superada mi habitual torpeza para estos manejos, consigo conectarlo, y al instante una voz suena clara y un tanto imperiosa:

—Hola, soy yo…. Recuerda que hoy hemos quedado para cenar. Te aviso, por si acaso. ¡Si no puedes, llámame! Tengo varias psicofonías pendientes, muy especiales…

Me pasé la mano por la frente en silencio durante unos segundos. Hacía más calor que en la calle y, sin saber porque, me sentí un poco absurdo, simulando, por lo bajo, la última frase del camarero: "Cada uno es como es, tanto si está en el 'más allá' como en el 'más acá'".

Sonreí satisfecho. Me había gustado la cena, el reservado, las plantas, mi amigo y todo lo demás…

El profesor Darnell falleció el 18 de julio del 2011, a consecuencia de un infarto. No pude asistir al sepelio porque durante aquel día tuve una inexplicable y tremenda jaqueca.

Quizás ahora pueda descubrir el origen de las "voces" de sus psicofonías. Pero, de momento, no pasa nada...

Sólo guardo el recuerdo de su sensibilidad, su gran vocación por el estudio del "más allá" buscando vestigios paranormales, y el aroma inconfundible de su tabaco de pipa.

Para mí, ya es suficiente…

Relato
¿Magia negra o blanca?
Aún no lo sé...

El mundo de la magia está lleno de peligros.
GUSTAV MEYRINK

*¿Qué es un instante de dolor comparado
con una vida llena de amargura y desilusión?*
FRANCESC MIRALLES

ERAN LAS TRES en punto de la tarde, cuando ya estábamos
sentados en la mesa de reuniones de mi despacho. Como cada
semana. A esa hora los martes y los jueves teníamos clase de
inglés. Habíamos escogido ese horario porque no interfería con
el inicio de nuestras actividades en la empresa y nos permitía
despejarnos un poco de la modorra normal que arrastrábamos
después de la comida en un restaurante casero, al que solíamos
ir muchos días.

Yo era el *jefe* para los del grupo. pero allí realmente eso no
contaba para nada. Éramos amigos, compañeros, pero sobre todo
alumnos que esperaban mejorar el idioma de Shakespeare, para-
digma de todos los ejecutivos con garra que aspiran a escalar las
alturas en el competitivo mundo de las empresas.

Había transcurrido algo más de un cuarto de hora y nuestro
profesor, el auténtico John Wilkinson, el *profe* o *teacher,* como le
llamábamos cariñosamente, aún no estaba con nosotros. Era algo
inusual. En los más de tres meses que llevábamos con él siempre
se presentaba puntual, elegante, optimista, con su carpeta bajo el
brazo y un sonriente *Good afternoon.*

—¡Qué raro! Nunca ha llegado tarde —exclamó Esteban.

—¡Voy a llamarle—apuntó enseguida Jaime.

—Vale —asentí yo, asumiendo mi papel de jefe con cierta satisfacción porque aquella tarde tenía una reunión importante a las cuatro y aún no estaba totalmente preparado para ella.

Pero la inmediata llamada de Jaime nos alarmó un poco a todos. Mi compañero iba traduciendo la conversación puntualmente:

—Dice que le perdonemos… Hoy no vendrá porque se encuentra mal, muy mal. No sabe lo que le pasa… Ha llamado al médico… Mañana nos dirá algo.

—Bueno, ya veremos. Hasta luego—dije.

La clase se suspendió con un cierto regusto de expectación y desencanto, porque realmente habíamos avanzado mucho y no sabíamos si aquellas sesiones continuarían.

Al día siguiente "lo del John" se complicó más. Llamó él mismo con un hilo de voz angustiado. Estaba muy excitado.

—Lo siento… parece que me estoy muriendo y no sé de qué. El médico no entiende nada… Decidle al *jefe* que venga a verme… Que traiga alguien de confianza.

Por supuesto, fui enseguida. Y lo que relato a continuación, supera cualquier escenario que hubiese podido imaginar.

El profe estaba en la cama de su dormitorio, muy pálido, sudoroso, con unas enormes ojeras y no paraba de temblar. Me pidió un vaso de agua que no pudo tragar, mientras se revolvía constantemente balbuceando:

—Por favor, quitadme eso de ahí… Quitadlo... ¡Me está matando!

Finalmente puede entender lo que quería decir. Se refería a dos candelabros de metal, de un horrible mal gusto, que estaban encima de una mesita auxiliar próxima a su cama. Me acerqué a ellos y enseguida noté un ramalazo que me recorrió el cuerpo, a la vez que un ligero mareo.

"Esto es muy serio", pensé, mientras intentaba tranquilizarle.

—No te asustes, respira hondo. Vengo enseguida y lo solucionaremos.

Toda mi vida he sido agnóstico, al menos desde esa edad en la que se empieza a tener eso que se llama uso de razón. Pero también creo, cada vez más, en el poder de la mente. Un poder que aún hoy en día es limitado y sólo aprovecha un porcentaje mínimo de la capacidad real del cerebro, pero que estoy seguro de que en el futuro nos deparará avances insospechados.

Aquel era uno de esos momentos. Estaba solo en su casa, y respiraba ese aire de misterio que se da pocas veces en la vida. Notaba algunos dolores difusos por el cuerpo y una ligera opresión en el pecho, pero no tuve ninguna duda de lo que tenía que hacer. Salí de la habitación, respiré hondo y enseguida llamé a Estrella.

Estrella es una mujer inteligente, con una acusada personalidad y muy documentada sobre todo lo que tiene que ver con dolencias psicosomáticas y fenómenos paranormales. Con el cabello muy corto, teñido de amarillo, y lentes redondas, colabora con un centro de asistencia a niños autistas, y se gana muy bien la vida realizando *limpias* en domicilios y despachos que solicitan a menudo sus servicios.

Le conté lo que sucedía, le di la dirección, y a los quince minutos ya estaba conmigo, actuando como esperaba.

Su voz sonó firme, experta y autoritaria:

—Sal de la habitación y llévate, aunque sea a la fuerza, a este pobre hombre. Dejadme sola. ¿Has tocado algo?

—No, no… Pero creo que el problema está en los candelabros.

—Vale, vale, ya lo noto… ¡Salid! ¡Esperad que os avise! Será poco tiempo.

—De acuerdo, de acuerdo, pero ten cuidado.

Estrella salió enseguida con una pequeña bolsa de mano negra, y una escueta explicación:

— Enseguida vuelvo. Voy a tirar algunas porquerías muy lejos de aquí.

No puedo faltar a la verdad. No pasaron ni cinco minutos, cuando Estrella volvió y nos invitó sonriente a entrar. Mi amigo se encontraba mucho mejor, mis dolores difusos habían desparecido, y los candelabros aparecían desmontados en un rincón de la habitación.

Superado el trance inicial, desaparecidos los efectos nocivos, y de vuelta a la normalidad, lo que más me apetecía ahora era escuchar su versión de los hechos. Pero Estrella inició un interrogatorio hacia la victima que me sorprendió profundamente y me hizo recapacitar, una vez más, sobre "las miserias humanas".

—A ver, tranquilo, dime… ¿Quién te envió estos candelabros?

John tartamudeó un poco, pero inició su relato a trompicones. Ahora parecía estar profundamente dolido.

—Veréis… Hace tres meses conseguí por fin el divorcio de mi mujer en Inglaterra. Fue muy duro, horrible. Ella no quería, pero aquello ya no era vida. Llegamos a firmarlo en el último momento entre gritos y muchas amenazas… Me costó un dineral, pero finalmente decidí salir de aquel entorno y venirme aquí. Empezar otra vida haciendo traducciones y dando clases de inglés, como la vuestra. Quería olvidarme de todo, y creí que ya lo estaba consiguiendo, pero…

Parecía que iba a seguir con su relato, cuando se paró en seco con los ojos muy abiertos mirando al infinito.

Estrella intervino otra vez con un tono amable y persuasivo:

—Vale, vale, no te cortes. Necesito saber algo más para dejar totalmente zanjado este asunto, y que no vuelva a ocurrir.

—Pues bien, hace una semana recibí un paquete postal desde Inglaterra. Era de ella. Contenías los dichosos candelabros y una carta…

—Sigue, sigue… —apremió Estrella.

—Me decía que para ella también había sido muy duro. Que "lo pasado, pasado está", y como recordaba que el lunes sería mi cumpleaños, me enviaba los candelabros, como muestra de buena fe.

De repente calló, creí que iba a darle otro pasmo, pero su tono de voz era ahora muy distinto al de hacía poco rato. Utilizó una expresión impensable dada su educada utilización del lenguaje tanto en castellano como en inglés:

—*Bitch!* Lo que quería aquella mujer era matarme, y casi lo consigue, casi lo consigue… ¡Maldita bruja!

DESPUÉS DE AQUELLO, las clases se reanudaron con normalidad a la semana siguiente. John y yo acordamos dar una versión más suave de lo sucedido. Sólo comentamos brevemente la incidencia de un fuerte virus estomacal que pudo superarse con reposo y las dosis adecuadas de fármacos. Sin más comentarios.

Pero, días más tarde, no resistí la tentación de preguntarle a Estrella.

—Sólo por curiosidad malsana, ¿Qué contenían los dichosos candelabros?

—Lo típico, lo de siempre. Trozos de uña, gotas de sangre, cuatro pelos, vete a saber de quién, algún resto de una rata o similar, todo barato en el mercado de la magia negra... pero lo sustancial no es esto. Lo importante es el odio con que se manipulan y la fuerza con la que se dirigen mentalmente esos sentimientos en contra de su destinatario. Incluso puede ser letal. Conozco varios casos. Es el "poder de la mente" como dices tú. ¿Me entiendes?

—Sí, por supuesto. Lo entiendo perfectamente.

A Estrella le regalé un pequeño colgante con el calendario maya en piedra. Me lo agradeció y ella me obsequió uno de los famosos candelabros, "limpio" y brillante, con una vela roja. Pero no lo tengo a la vista. Lo he guardado en la habitación de los trastos, dentro de una caja, junto a una rama de menta y varios saquitos de sal gruesa. Por si acaso...

Me comentó que el otro "artificio del mal" lo había guardado con su "colección de experiencias resueltas". En el fondo, añadió, no ha sido de las peores. ¡Si yo te contara...!

—No es necesario. Otro día, otro día... Gracias, le dije, y procuré olvidarme del asunto, aunque no creo que pueda hacerlo del todo.

Lo sucedido hace ya algunos años, relatado exactamente, me llevó a unas consideraciones.

El esoterismo ha sido siempre una representación ritual de los impulsos de las culturas y las personas, incluyendo las religiones contemporáneas, pues es un potencial capacitado para transformar un credo en algo representativo del gran poder de la mente. Muchas veces se ha construido un espacio *mítico-mágico-religioso*, donde los dioses de turno del bien y del mal convivían bajo un mismo techo de respeto, temor y adoración.

Estos ritos, expresiones mágicas, eran realizados por personas que se encargaban de relacionar a los dioses (buenos y malos), con la humanidad. Los chamanes, sacerdotes, hechiceros y otros podían curar o provocar grandes males indistintamente, pero cuando el Imperio romano instauró la religión católica monoteísta, nació con la Inquisición el término de "magia negra", para demonizar cualquier creencia ritual que no fuese la católica. La quema de brujas, "súbditas del diablo", fue una técnica de quebranto prácticamente total de los conocimientos mágicos de otras culturas.

La primera quema de brujas de la que se tiene conocimiento data de 1275, cuando la inquisición de Toulouse condenó a Ángela de la Barthe nada menos que por haber comido carne de niños y mantenido relaciones sexuales con el demonio… Posteriormente se calcula que hubo cerca de 100.000 causas de brujería, de las cuales 50.000 acabaron en la hoguera, especialmente en Alemania. Desde entonces la mala fama de hereje ha sufrido un rechazo permanente en toda la cultura dominante.

Aunque también hay que decir que algunas técnicas para guardar estos conocimientos ancestrales fueron las de crear la llamada "magia blanca" o de sanación, lamentablemente en manos, hoy en día, de charlatanes y aprovechados que se benefician de ella.

En mi caso, las preguntas que aún hoy me hago son:

¿Podría calificar lo sucedido como "magia negra", o como la sugestión propia de una persona super estresada por los acontecimientos acaecidos en su vida íntima, que se desencadenó al recibir el cruel y mal intencionado "regalito"?

Sea lo que fuese, ¿por qué también me afecto puntualmente a mí?

Quizás, en aquel momento, la mente terriblemente angustiada del pobre John me transfirió con su mano algo que yo estaba predispuesto a recibir dadas las condiciones psíquicas y ambientales.

Es posible. Prefiero aceptar esta explicación antes que la de los malignos candelabros y su poder pernicioso.

Dentro de todo, es la más razonable…

Tercera parte
Profecías

Aída... las profecías

*No podemos saber que nos traerá el futuro. En cambio,
sí sabemos que nos trajo el pasado*
MARIO BENEDETTI

ENTREMOS AHORA EN un terreno más esotérico, haciendo un paralelismo entre lo que está sucediendo y lo que probablemente pueda suceder, con algunas profecías que sorprenden por su coincidencia con muchos fenómenos de los tiempos actuales. Se trata de una arborescencia de ideas en relación con el agitado mundo de las profecías y de sus interpretaciones, que son propiedad intelectual del curioso lector que siga leyendo y reflexionando sobre ellas, porque, en el fondo, y desde el origen de los tiempos, solo somos lo que creemos, ya sea cierto o falso... aunque nunca lo sepamos.

Mi intención es hacerlo de la mano de mi amiga Aída, que vive en un ático de la calle Muntaner con un delicado estilo oriental, y donde un letrero de metal, coqueto y concluyente anuncia en la puerta:

> AÍDA: TAROT Y PROFECÍAS
> (Horas convenidas)

Aída es una mujer simpática, extrovertida pero serena, que realiza su personal cometido de pitonisa sin aspavientos ni extravagancias. Bien proporcionada, sin ser guapa es muy "resultona". Ligera, con ojillos rasgados sonrientes, inspira mucha confianza, y fuma constantemente pitillos negros sin filtro que aplasta a medio consumir.

Siguiendo mi costumbre, la invité a cenar, y centré la conversación en las profecías. Ella abordó rápidamente el tema, con una leve sonrisa que parecía alejarla un poco del mundo:

"Sólo te comentaré algunas (de las muchas que existen) en las que aparece una razonable interpretación, y que han perdurado con fuerza a través de los siglos, incluso en religiones de origen tan alejadas como la cristiana o las nórdico-germánicas, ahora que ya se ha superado la mítica fecha del año 2000.

"Me refiero a los mayas. Un pueblo extraordinariamente avanzado, posiblemente con cerca de 20 millones de habitantes y casi 4000 ciudades, que desaparecieron misteriosamente.

"El 21 del 12 del 2012 se cumplieron los 26.000 años del gran calendario maya. En esta fecha el Sol se situaría en el centro de nuestra "fisura oscura" (una serie de nubes de polvo que dividen la banda de la Vía Láctea de forma transversal, y que tardarán unos veinte años en atravesarla). Según esto, en este periodo de tiempo finalizará una era, será el retorno al comienzo, el nacimiento a una nueva realidad de paz, armonía, y justicia, aunque "no será el fin del mundo", como erróneamente se divulgó a bombo y platillo.

"Los mayas anunciaron un momento de cambio, de un gran aumento de energía en el planeta, lo que causaría "eventos de destino". La actividad solar se incrementaría de forma extraordinaria, y se produciría un enorme aumento de energía cósmica que incidiría en los seres humanos, en el sentido que potenciará la energía positiva de los que ya la posean, pero potenciará también la energía negativa en los que ya tengan energía negativa.

"En el fondo esto se parece mucho a lo que podríamos llamar un "juicio final energético": los *buenos* (los justos y misericordiosos, según la Biblia) serán elevados a una categoría superior, serán recompensados, y los *malos* (los perversos, ruines), serán castigados y se hundirán más en su condición negativa (siempre el mismo mensaje justiciero).

"Partiendo de la base de que en aquella civilización maya calcularon que la rotación de la Tierra alrededor del Sol es de 365,2420 días, y la NASA lo establece en 365,2422 días (¡sólo una diferencia de milésimas de segundo!) merece, como mínimo, un respeto al escuchar sus avisos a la humanidad futura a través de sus profecías, desde que en 1521 los españoles encontraron una ciudad vacía y destruyeron, bajo la sombra de la espada y la cruz, como siempre, muchos de sus documentos escritos (no hago comentarios, más vale). Pero el "calendario del largo conteo" ¡fue descubierto!

"Los mayas combinaban las fechas utilizando tres sistemas de calendarios combinados: el calendario civil, basado en el año solar, *Haab*, el calendario *Tzolkin* de 260 días, y un calendario que contaba los días a partir de un punto cero, la llamada Cuenta Larga (5.126 años). Esta cuenta partía de una fecha que ellos consideraban como el inicio de la era maya actual, cuyo ciclo comenzó el 14 de agosto del 3114 a.c, y terminaría el 21 diciembre del 2012. Por eso se armó tanto revuelo con el fin del mundo maya.

"Hay que entender que aceptar sus profecías supone conocer su mundo no sólo científico, sino también religioso y espiritual. Si quieres, toma notas mientras te las comento:

"—Primera profecía. Hace referencia al 21 de diciembre de 2012, cuando el Sol recibiría un rayo del centro de nuestra galaxia. Sería el fin de un mundo materialista (sólo materialista) y se iniciaría una nueva etapa de armonía. Pero antes la humanidad debería "dejar de atentar contra el planeta" integrándose con el Universo. (Creo que no le hemos hecho demasiado caso.)

"—Segunda profecía. Predice que, tras el eclipse del 11 agosto 1999, habrá transformaciones en el Sol, que alterarían la actuación humana. Parte de los hombres perderán el control de sus emociones, y otros sincronizarán mejor con los ritmos de la galaxia.

"—Tercera profecía. El estilo de vida de los humanos hará que se incremente la temperatura de la Tierra. Habrá grandes problemas como sequías, incendios, destrucción de cosechas y animales… (Esta profecía está en clarísimo desarrollo.)

"—Cuarta profecía. Se producirá una ola de calor que provocará el deshielo de los polos. Se inundarán costas, y miles de personas que viven cerca del mar serán atrapadas por las aguas. También creo que esta profecía está en pleno desarrollo. Glaciares con un deshielo vertiginoso… Muy evidente ya en estos momentos.

"—Quinta profecía. Pueden fallar los sistemas básicos de la civilización. Colapso total en informática, electricidad, sistema económico y comunicaciones. El aumento de la actividad solar puede aniquilar temporalmente a los satélites. (Ya ha ocurrido varias veces ¿Recuerdas?)

"Son enormes tornados del tamaño de la Tierra, y viajan a cientos de miles de kilómetros por hora. Su potencia es mil veces mayor que la del terremoto de San Francisco en año 1906… ¿Te imaginas lo que podría suponer esto?

"—Sexta profecía. Aparecerá un cometa que puede ocasionar cambios físicos bruscos en el planeta. Según los cálculos mayas, hay muchas probabilidades de choque, aunque nadie se pronuncia aún sobre la fecha.

"—Séptima profecía. Plantea un mensaje de esperanza. Con un esfuerzo para lograr armonía y paz interior, nos podemos integrar con el funcionamiento de la galaxia. Sólo así se pueden reducir los efectos negativos de las otras predicciones.

"Ahora, sé que me preguntarás, como mucha gente: ¿Cuándo va a pasar todo esto?"

Asentí con la cabeza, y Aída continuó, satisfecha por mi interés:

"Pues bien, recordemos que los mayas nunca utilizaron la palabra *fin*. Anunciaron momentos de cambio, "eventos de destino", pero siempre avisando que nuestro comportamiento puede modificarlos. No obstante, según muchos expertos en cultura maya, las predicciones mayas… ¡están pasando ya! A mi entender, es cierto que muchas de estas cosas están ocurriendo, pero no estamos juntando todas las piezas de este puzle para poder verlo con una perspectiva unitaria, y con claridad.

"También quisiera comentarte algo sobre un personaje de plena actualidad que me apasiona: Nuestro simpático, extrovertido y rollizo Buda.

"Buda viene de la raíz *bud*, que significa despierto o iluminado, así como Cristo significa "ungido". No debemos por tanto tomarlo como un nombre propio, sino como un reconocimiento por haber alcanzado un estado de desarrollo espiritual.

"Unos 483 años a.C. Buda escribió sus famosas ocho profecías, que fueron encontradas en un supuesto templo donde Buda vivió. A sus treinta y cinco años, dio un gran paso hacia la iluminación, tras una vida inicial llena de todos los lujos posibles, dado su origen principesco. La tradición dice que una noche se sentó al pie de un árbol —árbol *Bodhi*—, decidido a no levantarse hasta haber conseguido el nirvana, y llegó a conocer sus vidas anteriores, y el ojo divino, capaz de captar las "cuatro nobles verdades":

"Primera: la existencia es sufrimiento. Segunda: el sufrimiento es causa de la ignorancia y el apego a lo material. Tercera: se puede vencer el sufrimiento superando ambas cosas. Cuarta: esta superación sólo se alcanza con la moralidad y la sabiduría. (Hoy diríamos la ética y el conocimiento.)

"Hasta aquí todo es obvio, y podríamos pronunciarlo cualquiera de nosotros, ¿verdad? Pero voy a citarte sólo cuatro de sus ocho profecías, que nos asombran por su actualidad:

"—Primera. 'La gente de la Tierra será hecha por aquellos que se sientan delante de libros móviles, donde se escriben palabras de uno a otro sin necesidad de pluma, de escritura, ni de tinta'. (¿Qué te parece? ¿No son los móviles y los ordenadores?)

"—Segunda. 'Una montaña en el mar escupirá fuego y humo en una tierra justa donde vive gente de color' ¿Japón o Haití?

"—Sexta. 'Seis hombres y mujeres subirán al cielo en un carruaje y perecerán en llamas, cerca de las montañas de la Luna'. En la explosión del transbordador espacial Challenger de la NASA, en enero de 1986, murieron seis hombres y una mujer. Alucinante, ¿no crees?

"Y, sobre todo, hay una que no tiene desperdicio. Piénsalo bien…

"—Octava. 'Millones de personas perderán sus tesoros, no a causa de los bandidos, sino a manos de aquellos asignados para su cuidado'

"¿No te suena mucho esta profecía a una gran crisis financiera, y a los chorizos de Wall Street?"

Yo tomaba notas en mi pequeña libreta procurando no perder su ritmo, cuando ella ya había consumido tres cigarrillos negros y los había aplastado en un curioso cenicero de malaquita con forma de tortuga, que dijo haber comprado en una visita a las islas Galápagos.

"Tampoco puedo dejar a un lado a Nostradamus, que fue el más notorio de los profetas modernos (1503-1566, diez libros llamados *Las centurias*). Médico y académico muy reconocido en su época, aunque difícil de interpretar con sus versos, en la centuria.

"En la centuria I, cuarteta 60, se habla de un líder destructivo que vendrá del sur de Europa. Nostradamus se refiere el primer *anticristo* que muchos identifican como Napoleón Bonaparte, quien doscientos treinta años después ascendió al poder, como un falso mesías coronándose a sí mismo como un dios, llegado del cielo…

"También hay referencias a un segundo *anticristo* en la figura de Hitler (*Hister*), pensando que había bastantes conexiones con aquel dictador, mesiánico y asesino, que estuvo a punto de acabar con la humanidad, con el más monstruoso genocidio de la historia, y que veneraba con pasión la figura de Napoleón: "*...en jaula de hierro el jefe se desplazará, cuando nada observe al hijo Germánico*".

"El tercer *anticristo*, el más terrible de los tres según Nostradamus, es revelado de una forma más oscura. Algunos apuntan a poderosos líderes que ya han ejecutado grandes atentados terroristas, quizás *Osama bin Laden*, el cerebro de los atentados del 11 de septiembre. En una de sus profecías augura que el "*rey del terror baja de los cielos en 1999*". Aunque hasta el momento, esta profecía es muy controvertida, y no aparecen unas cronologías concretas, ni resultados apocalípticos registrados para el futuro... Mejor que sea así.

"En cuanto al fin del mundo, sus interpretaciones son muy variadas, aunque las más reiteradas son:

"—El impacto de un meteorito en la Tierra. Cuando miramos a nuestra romántica luna, deberíamos pensar en su desastroso aspecto por culpa de los impactos de aerolitos, o en lo de los dinosaurios hace 65 millones de años, al final del Cretácico, cuando un gran asteroide cayó sobre la actual región de Yucatán. Y recordar, además, que el 22 de marzo de 1989, el asteroide *Asclepio*, con un diámetro aproximado de más de 300 metros, se acercó sólo a 70.000 kilómetros de la Tierra, atravesando la posición exacta que nuestro planeta tenía… ¡Seis horas antes de una posible colisión!

"—Un desastre nuclear provocado por el hombre. Ya hemos estado muy cerca de esto algunas veces: Chernóbil, Fukushima…, ¿no es verdad? Pensemos que, a principios de la década de 1950, Estados Unidos desarrolló por primera vez una bomba termonuclear, borrando en las pruebas un islote entero del océano Pacífico, y la URSS replicó enseguida con su propia bomba H… ¡Pudo ser el principio del fin!

"—El desastre medioambiental. Calentamiento gradual de la atmósfera; incremento del agujero de la capa de ozono, terremotos, inundaciones, volcanes...

Las erupciones de grandes volcanes han crecido exponencialmente en los últimos años: Indonesia, Islandia, Hawái... y se calcula que el agujero de la capa de ozono, supera ya los veintiocho millones de kilómetros cuadrados... ¡El mayor registrado jamás!

"—El cambio del eje magnético de la Tierra, que, poco a poco, empieza a variar. Tras el terremoto de Chile varió unos 10 centímetros. el eje magnético, acortando el día en 1,26 microsegundos. Parece poca cosa, pero ya es un signo muy alarmante que puede variar la posición de los polos, modificando todo el equilibrio de clima en la Tierra, mayor incidencia del sol, aumento de la temperatura, deshielo de los casquetes, aumento del nivel del mar... Esto ya esta sucediendo."

Creí que, con aquella intervención, Aída daría por finalizada la cena, y me disponía a pedir la cuenta, cuando pareció resurgir de una ligera abstracción (algo muy típico de ella), y me miró fijamente, interrogándome:

—Tú y yo somos agnósticos, ¿no?

Le sonreí, y afirmé levemente con la cabeza para que continuara con su completa exposición.

—¿Pues te citaré algo relativo a las supuestas premoniciones de la Virgen de Fátima? Es algo que ha mantenido en vilo a millones de personas del orbe católico durante el pasado siglo, sobre todo por el llamado "tercer secreto".

"La hermana Lucia dio a conocer el mensaje a Pío XII, que lo mantuvo en secreto. Igualmente lo leyó Juan XXIII (el Papa bueno), que hizo lo mismo, para no causar gran pánico y desesperación... Pero ahora, (parece ser), que el secreto tan bien guardado era éste:

"*"Dios permitirá que todos los fenómenos naturales, agua, fuego, terremotos, inundaciones, asolaran gran parte de la Tierra. Los hombres fabricarán unas armas que destruirán el mundo... Un hombre, de una posición muy alta, causará la guerra, caminará a través de Europa, y la guerra atómica comenzará.""*

"También, parece ser, *que concierne a la pérdida de la fe en la cúpula de Iglesia, a su apostasía final, el fin de la Iglesia, la necesidad de consagrar a Rusia* y otras lindezas más, que, lógicamente, causaron gran temor entre los papas que lo conocieron y ocultaron su contenido en las profundidades de los archivos secretos del Vaticano, como tantas cosas.

"Y además se apunta una secuencia premonitoria sobre los papas, bastante interesante:

"Después de Pio VI, vendrán doce papas… El papa undécimo tendrá un periodo muy corto(Juan Pablo I, murió antes de reinar y luchar contra la corrupción en la política y las finanzas vaticanas, en las que había metido sus garras la Logia masónica P2), y el duodécimo un periodo muy largo (Juan Pablo II estuvo veintisiete años), y llegará el final de los papados".

"¿Benedicto XVI debería ser el último Papa?

"Asimismo, la profecía de San Malaquías sostiene que el último papa, (antes del fin del mundo bajo cuyo reinado la ciudad de las siete colinas será destruida), será el 112 desde Celestino II, lo que coincide con al actual papa…

"¿Por qué renunció, inusualmente, Joseph Ratzinger en febrero del 2013?

"Oficialmente, el Vaticano aduce una reducción de capacidades físicas y mentales, pero se van confirmando otras razones muy graves: Espionaje, corrupción en la Curia, blanqueo de capitales, luchas interiores de poder en la curia, contactos con la mafia, miles de casos de pederastia oculta y consentida durante décadas, revelación de secretos inconfesables…

"¿Y qué pasa con Francisco I, *el papa jesuita*, (*o el papa negro*, en alusión al inmenso poder del general de los jesuitas, que visten de negro), tras la insólita renuncia del anciano papa alemán?

"El mismo hizo una premonición de su muerte, al afirmar en una entrevista:

"*Interiormente lo vivo como una generosidad de Dios, pensando en mis pecados, en mis errores… porque sé que duraré poco tiempo. Unos pocos años, quizás. Y, después… a la 'Casa del Padre.'*"

"En este orden de cosas, también la Biblia predice varios signos premonitorios apocalípticos: ¿El juicio final comenzara en Jerusalén? ¿La zona cero futura será el Monte del Templo, donde estuvo el templo de Salomón que fue saqueado por lo babilonios y mataron a todos los judíos?

"Hay muchas referencias sobre el apocalipsis que lo ven como una definitiva guerra final, citada por los *esenios* en sus famosos manuscritos del mar Muerto. La mayoría de ellos datan entre los 250 a.c. y 66 d.c. y se conservaron en las cuevas de la ciudad de Qumrán, a orillas del mar Muerto, una gran depresión de la tierra que divide dos países tan distintos y controvertidos como Jordania e Israel.

"La tarea de los esenios era ayudar, consolar y aliviar a las *almas dormidas*, incluidas *curaciones*, y dar la bienvenida a las *almas despiertas*. Estos manuscritos son posiblemente inspiradores de Juan Bautista e incluso del propio Jesús de Nazaret".

Actualmente aún existen algunas controversias entre los historiadores respecto a si el Nazareno estuvo un largo periodo de su desconocida vida entre los esenios o no, aunque, cada vez más, abunda entre los estudiosos varias preguntas, que dan lugar a una teoría muy controvertida en la historia de la humanidad.

Evidentemente es un tema delicado que puede herir la sensibilidad de millones de católicos en todo el mundo, pero está bien estructurado en relación con todos los avances científicos en materia de posibles presencias extraterrestres en tiempos pasados, y en su coincidencia con aquellos hechos históricos.

Podríamos resumirlo así:

¿El nacimiento de Jesús pudo ser una intervención extraterrestre, cuando Maria fue visitada en un sueño, y le inseminaron artificialmente un esperma genéticamente modificado?

Otras influencias extraterrestres hacen referencia a la misteriosa estrella de Belén, que solo pudo ser lo que ahora llamamos un OVNI, ya que las extrapolaciones que hoy en día pueden hacerse con simuladores electrónicos del espacio en aquella fecha, no indican en absoluto la presencia de ningún cometa o asteroide sobre Belén, y mucho menos de algún cuerpo celeste que pudiese acelerar y detenerse bruscamente sobre la pequeña aldea.

Pero donde cobra más fuerza esta teoría, es en lo relativo a su resurrección física, mencionada en dos libros; *Libros apócrifos* y *Epístola de los apóstoles*, (prohibidos por la iglesia durante siglos).

Es cuando los miembros del Sanedrín judío se horrorizaron al escuchar cómo, a primeras horas del alba, un ser con una túnica blanca y una luz brillante sobre su cabeza descendía de las nubes, y movía la enorme piedra que bloqueaba la tumba.

Esto fue revelado por Maria Magdalena, que afirmó que dos figuras no humanas vestidas de blanco le dijeron que Jesús había resucitado, y que lo comunicase a sus discípulos, para desvanecerse enseguida en el aire… Lo cierto es que la misma Biblia dice que Maria Magdalena fue el primer ser humano a quien se apareció y habló el resucitado…

Posteriormente, cuando Jesús reapareció frente a sus discípulos, estos relataron que su presencia era fantasmal, y también se dice que uso la bilocación, porque muchas personas afirmaron haberlo visto en varios lugares distritos a la vez.

Pero, otra vez, la Biblia cristiana evita dar muchos detalles sobre su ascensión, aunque si cita: *Un carro celestial descendió de entre las nubes…*

¿Podría haber sido esto un regreso a una nave nodriza? No es descabellado relacionarlo todo, aunque, desde luego, suene a renuncia y apostasía para millones de seguidores aferrados a sus tradiciones milenarias…

Ciertamente, pueden considerarse solo presunciones, pero la Biblia es básicamente, un documento de fe que lo resiste todo, con muchas interpretaciones dispares, según se quiera interpretar.

Aunque hace poco, curiosamente, el Observatorio astronómico del Vaticano, realizó un gran simposio sobre vida extraterrestre, reuniendo a muchos astro-biólogos reconocidos de todo el mundo, para debatir en profundidad la posibilidad de vida en otros planetas.

¿Por qué este interés, en conocer lo que han llamado, con su habitual y previsora diplomacia Vaticana *el Hermano extraterrestre?*

Sea como sea, y volviendo al periodo secreto durante treinta años de la vida de Jesús, cabe preguntarse también: ¿Fue así como el maestro se benefició de aquella minuciosa organización sesenia tan adelantada, para llegar a mucha gente y obrar tantas maravillas?

No olvidemos que esta secta tenía, además, el conocimiento viviente de las *leyes de la reencarnación* y *las del destino,* y que toda su filosofía era claramente apocalíptica. Muchas coincidencias, ¿verdad?

Mi amiga hizo un ligero descanso, tras su controvertida y apasionante exposición, y continuo con el tema de las profecías.

Cada uno que crea lo que quiera, por supuesto. Pero, a mi juicio, cabría hacerse unas preguntas, que están sin resolver: ¿Todo lo anterior pude enmarcarse en predicciones con un fondo científico, como las de los Mayas o Nostradamus, o revelaciones como las de Jesús, Buda, Mahoma, aceptadas por millones de personas a través de siglos...? ¿O quizás son mensajes que nos llegan de un más allá muy superior, que nos ha observado, observa y controla sin saber con qué intenciones?

Y, descendiendo a un plano más concreto, pero muy inquietante: ¿Qué beneficios obtienen los gobiernos que dirigen el planeta, las entidades "parapolíticas" que se mueven en la sombra, o las numerosas sectas, que no dejan de luchar por su cuota de influencia y poder?

En el mundo existe una gran cantidad de cultos o rituales con miles de seguidores, que se reúnen periódicamente y actúan según sus creencias, y que llevan al límite su ideología y afinidades.

La archiconocida Iglesia de la Cienciología (1952); la secta Moon, en Corea (1954), que afirma ser la segunda llegada de Cristo al mundo, con la intención de terminar el trabajo pendiente tras la crucifixión; El Templo del Pueblo (1978), donde el autoproclamado *reverendo* James logró convencer a más de novecientos seguidores para que cometieran un suicidio en masa en medio de una selva en América del Sur; Los *raelianos* (1974) dirigida por un periodista francés que cree que la vida en la Tierra fue creada por extraterrestres llamados *elohim*, de quienes *Raël* recibía mensajes telegráficos... y tantos otros.

Meditando un poco sobre todo esto, me pregunto: ¿Es posible que aún se nos oculten más cosas? De momento, creo que muchas de estas cuestiones no van por el camino de resolverse. Seguramente es porque hay demasiados intereses políticos, y económicos por supuesto, en contra y... ¡No interesa "resolverlas"!

La cena había llegado a su fin. Aída parecía algo cansada (sólo un poco, aclaró enseguida), mientras yo estaba realmente alucinado ante su memoria, su intuición frente al futuro, y su capacidad de síntesis. Añadió, además, que tenía ganas de llegar a su casa porque había acabado sus pitillos negros sin filtro, y en el restaurante, obviamente, ni los conocían ni los tenían. La comprendí perfectamente...

Cuando acompañé a mi amiga hacia la puerta, el antiguo reloj de cuco del restaurante estaba parado a las doce, y el camarero me despidió con una estúpida sonrisa que pretendía ser cómplice de algo:

—Que le vaya bien lo del tarot, y... ¡que pase una buena noche, señor!

No le contesté. Sólo sentía que, otra vez, asomaría el amanecer, y mis sueños me devolverían a la incierta locura de lo cotidiano, de lo mortal, al margen de tantas profecías, interrogantes, inquietudes y probables catástrofes.

Bueno. A pesar de todo, no ha estado nada mal...

EXPRESADA EN LA ONU, no hace muchos años y que, naturalmente, no fue recibida con gran interés. Quizás dentro de un tiempo no ocurrirá lo mismo…:

Hoy, el Apocalipsis ha dejado de ser una mera referencia bíblica, para convertirse en una posibilidad real.

Nunca, en el acontecer humano, se nos había colocado tan al límite, entre la catástrofe y la supervivencia.

JAVIER PÉREZ DE CUÉLLAR
Secretario general de las Naciones Unidas
entre enero de 1982 y diciembre de 1991.

Lo que desde arriba no se ve… ¡Son las fronteras!
La fotografía es de Serguei Kirikkale (Astronauta ruso).

Si el asteroide no se hubiese desintegrado antes en la atmósfera, tampoco las habría respetado.
¡Es lo que está pasando ahora!

Carlos Fajardo Ricomá es doctor ingeniero industrial y ocupó, a lo largo de su carrera, altos cargos directivos en medios de comunicación como *La Vanguardia* (consejero-director general), *Antena 3 TV* y *Antena 3 Radio* (consejero), *El Observador* (director general), al tiempo que impartía su actividad docente en numerosas escuelas de negocios de Barcelona. Fue Adjunto de Cátedra de la E.T.S.I.I.B. El Patronato de la Escuela de Administración de Empresas le concede la Medalla de Plata de la E.A.D.

Es autor de los libros *Pensamos y sentimos* (poemario, 2004), *Sombras y reflejos* (relatos, 2005), *Círculos-Relatos para la reflexión y la duda* (cuentos y experiencias, Ed. La Tempestad, 2008), *Suspiros rotos* (poemario, Ed. La Tempestad, 2009), *El ángel herido* (novela, Ed. La Tempestad, 2010), *A pesar de todo, la vida* (novela, Ed. La Tempestad, 2011), *El precio de la corrupción* (novela, Ed. La Tempestad, 2012), *El último Cambó* (Ed. La Tempestad, 2013), *La trama de Barcelona* (Ed. La Tempestad, 2015), *Petit compendi d'aforismes* (Llibres de l'Índex, 2017), así como diversas colaboraciones en libros de la Asociación de Escritores Tirant lo Blanc.

www.ingramcontent.com/pod-product-compliance
Lightning Source LLC
Chambersburg PA
CBHW050859180626
46814CB00007B/2784